KB133224

수정의 인사

폴앤니나 소설 시리즈 008

수정의 인사

김서령

소　설

✺ 폴앤니나

너는 나의 끝없는 우주야

이 도서는 한국출판문화산업진흥원 <2021년 출판콘텐츠 창작지원사업>의 일환으로 국민체육 진흥기금을 지원받아 제작되었으며, 한국문화예술위원회 <2021년 크라우드펀딩 매칭지원사 업>에 선정되어 후원금을 지원받았습니다.

차례

1장

한주은행 연정시장지점

연정시에 처음 와 보셨다고요?

저런. 연정 참 예쁜 도시인데. 작기는 해도 서울까지 지하철로 40분이면 가요. 구시가지와 신시가지가 섞여 있어서 쇼핑도 어렵잖고, 연정천 주변은 키 낮은 숲으로 진짜 울창한데 거기 카페 골목이 끝내줘요. 소담한 카페들이 쭉 늘어섰는데 어느 집이나 파니니랑 와플이 다 맛있고요, 와인도 안 비싸요. 토요일 오전, 작게 난 테라스에 앉으면 연정천이 바로 눈앞에서 흐르고, 여름이면 나무들 푸른 이파리가 햇살을 받아 반짝반짝 일렁거려요. 그때가 되면 구름도 얼마나 예쁘다고요. 아주 파란 하늘에 뜬 구름은 가끔 핑크빛으로도 보인다는 거 아세요? 핑크 구름은 정말 귀여워서 흰 뭉게구름 따위 댈 게 아니랍니다. 연정천은 물이 얕아 징검다리도 군데군데 놓였는데요, 사실 겁이 많아 건너보진 못했어요. 그래도 보는 것만도 마음이 포근해져서 좋아요. 정말 그림 같다니까요.

무엇보다 연정은 서울에 비하면 집값이 싸잖아요. 내가 6년을 산 원룸도 별로 안 비싸요. 구시가지 쪽이거든요. 주중엔 연정에서 근무하고 주말엔 서울에서 친구들 만나 노닥노닥하는 그런 생활이 참 마음에 들었어요. 그래서 애초 연정시를 마음에 점 찍어두고 있었어요. 사회 초년생이 돈 모으긴 딱이거든요.

우리 박은영 과장님 만나보셨죠?

신입사원 연수 때 과장님을 처음 만났어요. 세 시간쯤 과장님이 하는 강의를 듣고…… 강의 제목이 뭐였더라, <은행원으로서의 나>였나? 하여튼 뭐 시답잖은 거였어요. 연정에서 근무한다기에 그냥 졸졸 따라가서 내가 먼저 몇 마디 말을 걸었어요.

"안녕하세요, 과장님. 저도 연정에서 근무하고 싶어서요."

과장님 눈이 왜 좀, 토끼 같잖아요. 동글동글. 과장님이 그 눈을 동그랗게 뜨고 나를 쳐다보더라고요.

"연정엘요? 왜요, 젊은 분이? 거기 출신?"

고개를 저으며 내가 함빡 웃었는데, 과장님의 얼굴에 반가운 기색이 가득했기 때문이었어요. 벌써 환영받는 느낌이었달까요.

"아뇨. 고향은 부산인데요, 그냥 예전부터 연정에서 살고 싶었어요."

보통 은행원들은 연고지로 발령을 내주는 편이에요. 저도 가만 있었으면 아마 부산으로 가게 되었겠죠.

"연정은 무슨. 엄마 밥 먹으면서 회사 다니면 얼마나 좋아? 그냥 부산으로 신청해."

그렇게 말하는 사람들이 많았지만, 굳이 엄마 밥 얻어먹자고 뭐하러 부산엘 도로 가겠어요? 다 큰 딸 아침 저녁 챙겨주는 일이 엄마라고 어디 쉽겠어요? 게다가 대학을 서울로 오면서부터 부산을 떠났기 때문에 이제 부산엔 친구들도 별로 없어요.

"와, 젊은 분이 연정에 오고 싶다니까 내가 다 설레네요. 발령 받으면 꼭 연락해요. 내가 맛집이랑 괜찮은 사우나랑 다 알려줄게요. 심심할 때면 나랑 소맥도 좀 말고요."

유쾌한 분이었어요. 나랑 열 살쯤 차이가 나는데 나

중에 연정중앙로지점에서 만났을 때 정말 요이땅, 하고 시작하는 사람처럼 내게 뭐든 다 퍼주기 시작했어요.

6년을 산 그 원룸도 과장님이 구해줬어요. 중학교 동창 아버님의 건물이라나. 월세도 5만 원 깎아줬고 친정에서 배추김치, 열무김치, 명란젓까지 가져다가 냉장고를 채워줬어요. 우리 엄마가 하도 고마워 몇 번이나 선물을 보내기도 했다니까요.

소맥도 자주 말았죠. 과장님 덕분에 연정의 맛있는 술집은 다 돌았어요. 나도 참 잘 웃고 말도 잘하는 편인데 말도 마요, 과장님은 못 따라가요. 누구든 친구 먹고 누구든 이모 먹고 누구든 삼촌 먹는 그런 사람 있잖아요. 어느 밥집 사장님이든 이모고 어느 술집 주방장이든 삼촌이었어요.

근데 말이죠, 그건 집안 내력인가 봐요. 과장님네 친정 부모님도 그랬거든요. 주말엔 종종 놀러가서 밥도 얻어먹었는데, 그럴 때마다 어머님이 말씀하셨어요.

"아이고, 이뻐라. 이쁘다. 시집만 안 가면 딱이겠다!"

희한하죠? 보통 어르신들은 빨리 시집가야지, 시집가야지 하는데 저더러 절대로 가지 말래요. 그러면서 애꿎은 과장님에게 눈을 흘겼어요.

"내가 저를 어떻게 키웠는데, 겨우 이렇게 시골에 처박혀서 애 둘 키우며 아등바등…… 아우, 보기만 해도 속 터져. 요즘 같은 세상 저 좋을 대로 편하게 살지, 뭐 하러 모질이처럼."

그러니까 명문대를 나온 똑똑하고 야무진 외동딸이 그냥저냥 나이 들어가는 것이 싫으셨나 봐요. 하긴 아깝기도 했겠죠. 지금이야 말짱한 은행원이라지만 어느 날 덜컥 퇴직이라도 하면 옆집 앞집 뒷집의 딸들처럼 평범한 아줌마가 되어버릴까 봐 애면글면하셨던 거예요. 우리 과장님이 둘째를 임신했을 때 그래서 엄청나게 혼이 났대요. 입덧도 숨어서 했대요. 정말이에요.

과장님이 중앙로지점을 떠나 연정시장지점으로 옮겨갈 때 나도 기어이 따라갔어요. 중앙로지점이 있던 신시가지와는 분위기부터 달랐는데 나는 시장 쪽이 훨씬 좋았어요.

아까 보셨죠? 연정종합터미널에서 17번 마을버스를 타면 딱 세 정류장이에요. 맞아요, 연정시장 정류장. 육교 옆 한주은행 연정시장지점이 바로 내가 4년을 일한 곳이에요. 중앙로지점에선 2년을 일했고요.

아침에 출근할 때면 풀냄새가 나요. 지점 바로 앞까지 할머니들이 보따리를 풀어놓거든요. 열무, 시금치, 더덕, 머위, 두릅까지요. 말도 마세요. 푸른 것들이 뒤섞인 냄새가 얼마나 고운지. 과장님네 친정뿐 아니라 시댁 음식까지, 과장님네 가족들이 잘 안 먹는 멸치호두볶음이나 깻잎김치 같은 건 모조리 내 냉장고에 들어왔기 때문에 반찬을 만들 일이 없었기 망정이지, 아니라면 습관처럼 그 푸른 것들을 사들였을지 몰라요. 요리도 못 하면서 말이죠. 사지 않는 대신 할머니들께 인사만 납죽납죽 하는 아침이 그렇게 좋았어요, 나는.

시끌시끌하긴 해도 국물이 정말 끝내주는 순댓국밥집도 있고요, 옛날식 통닭집도 있어요. 순댓국밥은 여태 5천 원이에요. 요즘 그런 데가 어딨겠어요? 순대랑 오소리감투도 진짜 많이 넣어주는데. 옛날식 통닭집 기름 냄새는 정말이지 그냥 통과하기가 어려워요. 아예 퇴근길에 저 멀리 돌아서 가기도 해요. 자칫하다간 밤에 통닭 한 마리를 다 해치우는 일이 생긴다니까요. 한주은행 유니폼이 좀 그렇잖아요. 어찌나 허리를 졸라매는 스타일인지 어지간히 날씬한 여자가 아니면 아휴, 보기가 좋지 않아요. 온종일 앉아서 일하는 사람에게 그따위 유니폼을 지급하다니 회사가 진짜 제정신인지 모르겠어요. 다른 은행들은 유니폼도 이제 티셔츠와 편한 바지로 다 바꾸던데. 한주은행은 아직 멀었어요.

어찌 됐든 유니폼 때문에라도 옛날식 통닭집은 몹시 해로워요. 러브핸들 둥둥 쪄 오르는 거, 누가 좋아하겠어요? 오죽하면 내가 빨리 나이를 먹고 싶더라니까요. 나이 들고 연차 쌓아서 얼른 과장이 되고 싶었어요. 과장부터는 유니폼을 입지 않아도 되거든요.

우리 과장님, 진짜 옷 잘 입죠? 아이가 둘이라 몇 번이나 퇴직을 고민했더랬어요. 초등학생 큰애가 아이스하키 선수거든요. 곧잘 하나 봐요. 아이스하키라는 게 부모 손이 엄청 간대요. 돈도 들고요. 그래서 엄마 시간을 빼서 아이를 밀어줄 건지, 엄마 연봉으로 아이를 밀어줄 건지 매일매일 고민했어요. 결국 은행에 남았죠. 친정 부모님께 아이 운동 수발을 맡기고 매달 돈을 드린대요.

"150만 원 엄마 드리고 남은 돈으로 나는 피부과 다니고 옷 사 입을 거야. 그러니까 나 볼 때마다 어머, 피부 너무 좋아졌다! 어머, 과장님 그 옷 너무 잘 어울려요! 맨날 그렇게 말해줘. 나 그 말 듣고 싶어서 은행 다니는 거거든."

시부모님이 과장님을 볼 때마다 잔소리를 하나 봐요. 그깟 돈 몇 푼 번다고 남편이랑 애들 팽개치고 은행 다니냐고. 돈 좀 버는 아들인가 보죠, 뭐. 그래서 유세를 떠나 봐요. 아무리 그래도 우리 과장님 연봉이 얼만데 그런 소릴. 과장님은 그게 그렇게 듣기 싫대요. 그래서 더 기를 쓰고 은행에 다니는 걸 거예요. 남은 월급으로 피부과 다니고 옷 사 입는단 말이 어디 진짜겠어요? 성질나니까 하는 소리지. 그래서 우린 과장님 마주칠 때마다 큰소리로 말해줘요.

"과장님! 연정에서 과장님만큼 피부 좋고 옷 잘 입는 여자는 아마 없을 거예요!"

저기 골목 모퉁이, 갈색 벽돌 건물이에요. 내가 6년을 산 원룸. 은행에서 아주 가까워요. 시장만 지나오면 바로니까. 연정에 온 이후 한 번도 옮기지 않았어요. 요즘 새로 짓는 원룸들은 방도 크고 예쁘잖아요. 빨래건조기가 옵션으로 딸린 곳도 있더라고요. 그래도 여기 오래 산 건 집주인 아저씨가 과장님 지인이라 5만 원을 빼줬고, 1층이라 5만 원을 더 빼줬고, 오래 살았다고 또 5만

원을 빼줬기 때문이에요. 그러니까 월세 줄인 돈으로만 적금 하나를 부을 수 있었어요. 내년엔 정말 옮길 생각이었어요. 전세금이 모였거든요.

여기가 내 방이에요.

심하게 아담하죠? 실평수는 잘 모르겠어요. 그래도 싱크대가 제법 크고 해가 잘 들어서 불편한 줄 모르고 살았어요. 내가 이래 봬도 손재주가 좀 있어요. 보세요, 싱거미싱도 있다니까요. 지지난해 블랙프라이데이 때 직구로 샀어요. 완전 날로 먹다시피 한 거예요. 커튼도 베갯잇도 식탁보도 그래서 다 내가 직접 만들었어요. 과장님은 이런 꽃무늬들이 정신 사납다고, 요즘 대세는 미니멀리즘이라고 잔소리를 하지만 어떡해요, 난 이런 게 좋은걸요. 꽃 속에 푹 파묻힌 느낌도 나고…… 우습죠? 알콩달콩, 오밀조밀한 것들을 좋아해요. 이런 말 하면 또라이 같아 보이겠지만, 집에 들어오면 쟤들한테 인사를 건네야 할 것 같다니까요. 안녕, 집 잘 지키고 있었니? 난 오늘 좀 피곤했어, 뭐 그러면서 말이에요.

저기 머그잔엔 곰 그림 있죠? 내가 그린 곰이에요. 그릇에다 그림을 그릴 수 있는 펜이 따로 있단 거 아세요? 그걸로 그리면 설거지를 해도 지워지지 않아요. 예쁘잖아요. 우리 집을 지키는 머그잔인데, 그림으로 예쁘게 만들어주면 내 할 일 다 한 것 같고…… 그래요, 또라이 같아 보여도 할 수 없어요. 그냥 내가 이런 사람이라고 말해주고 싶었어요. 누구에게나 역사는 있는 거니까. 그래요…… 누구에게나 역사 같은 거, 있는 거니까요. 아무것도 아닌 사람은 없는 거니까. 그렇죠? 그래서 내 애길 좀 들려드리려고 해요. 괜찮겠어요?

세 자매

"수민이랑 윤지는?"

"시장 갔어. 밀치 사오라고 했어."

"아버지랑?"

"응."

따각따각따각, 칼질 소리가 엄마 목소리보다 더 컸어
요. 보나마나 스피커를 켠 휴대폰을 도마 옆에 둔 거예
요. 밀치를 사러 보냈다니 엄마는 회에 곁들일 채소들
을 써는 중일 테고요. 밀치 끝물이지만 내가 밀치라면
자다가도 벌떡 일어난다는 걸 알아서 엄마는 깻잎과 양
배추를 잘게 썰고 꽃상추도 씻고 반으로 쪼갠 알마늘도
지퍼백에 잘 담아 아이스박스에 챙기려는 거예요. 엄
마는 그렇게 두 박스를 만들어 연정으로 보내주곤 했

어요. 과장님네 친정으로 한 박스, 그리고 내가 사는 원룸으로 한 박스. 과장님네 부모님이 하도 내 반찬을 챙겨주니까 밀치는 엄마의 답례품인 셈이에요. 밀치 회는 절반쯤 고추냉이 간장에 찍어 먹다가 배가 불러오면 채소와 초고추장을 쏟아붓고 물에 말아먹으면 돼요. 진짜 끝내주는 물회가 된다니까요.

수민이와 윤지는 내 동생들이에요. 딸 셋 집의 큰딸이 나예요. 수민이와 나는 아빠를 닮아 홑꺼풀 눈매가 가늘고 얼굴이 동글동글한데, 윤지는 아버지를 닮아 쌍꺼풀이 내 새끼손가락 굵기만 해요. 무슨 소리냐고요? 하하, 맞아요. 우린 아버지가 달라요. 지금은 같지만.

엄마와 아버지가 결혼한 건 내가 5학년이던 해였어요. 수민이는 겨우 1학년. 윤지가 일곱 살이었고요. 나와 수민이에게는 아버지가 필요했고, 윤지에게는 엄마가 필요했고, 엄마와 아버지에겐 서로가 필요했어요. 우리는 각자의 필요에 따라 순순히 두 집의 재산을 한데 모았어요. 솔숲 사이로 바다가 보이는 낮은 언덕배기 작은 이층집을 샀고, 남은 돈으로 아버지의 약국을 조금 넓혔고, 공인중개사였던 엄마는 아버지의 약국 근처 부동산 사무실에 새로 취업을 했어요. 나쁘지 않았어요. 다 좋았다는 말을 하려는 게 아니에요. 어떻게 다 좋을 수가 있겠어요? 딸 셋 키워봐요. 어느 집이나 전쟁통이지. 우리 집도 마찬가지여서 사춘기 요란했던 나는 매일매일 꺅꺅 소리를 질러댔고 수민이는 자그마치 4학년, 그러니까 열한 살에 가출도 했다니까요. 그래 봐야 동네 만화방에서 붙잡혔지만요. 윤지는 걸핏하면 할머니에게 전화를 걸어 "나 배고파. 엄마가 오늘 밥 안 주고 라면 줬어." 이딴 얼척없는 소리를 하긴 했지만 윤지네 할머니가 그 말을 곧이곧대로 믿고 엄마에게 눈살을 찌푸릴 만큼 경우 없는 분은 아니어서, 분란이 생긴 적은 없었어요.

"너 되게 웃긴다? 아까 니가 밥 먹기 싫다고 라면 끓여달라고 징징거렸잖아. 밥도 말아줬는데 지금 그게 무슨 소리야?"

수민이는 행여 윤지네 할머니가 우리 엄마더러 애 굶기는 여자라고 욕할까 봐 휴대폰에 대고 들으란 듯 큰 소리를 쳤지만 나는 아무 일 없으리란 걸 알고 있었어요. 윤지네 할머니는 사실 우리 엄마가, 그리고 수민이와 내가 윤지를 애지중지해주지 않을까 봐 걱정도 됐을 거예요. 보세요, 쪽수만 해도 우리가 한 수 위잖아요. 하지만 아무도 입 밖으로 그런 말을 내진 않았어요. 어른들은 그저 이 가족이 무난하게만 살아준다면 고마워, 그런 생각을 했죠. 우리 윤지 키워줘서 수정 엄마 고마워, 그랬고 우리 할머니도 윤지 아빠, 우리 애들 키워줘서 정말 고마워, 그랬어요. 그래서 두 집안의 조부모들은 명절이면 홍삼과 참기름을 교환하고 망고와 포도를 교환하고 때때로 선물로 들어온 샴푸 세트나 스팸 박스를 얹어 보냈어요. 그러니까 고맙게도, 무난한 가족이었어요. 수민이와 내 친아버지가 곧 죽어도 동의서를 못 써주겠다 야단법석을 부려서 윤지와 우리의 성이 다르다는 것만 빼고는 여느 집들과 다를 바 없이 살았어요. 그나저나 흑석동 아빠(아, 수민이와 나는 친아버지를 흑석동 아빠라고 불러요. 흑석동에 사니까 그런 거죠, 뭐)는 왜 그랬을까요? 참 별일이죠? 그깟 성 변경이 뭐가 그리 대단하다고 동의서도 안 써주고. 으응, 그렇다고 흑석동 아빠를 원망하진 않아요. 엄마와 흑석동 아빠의 문제는 그들의 문제고, 우리는 우리대로 삶이 있는 거니까. 그리고 한수정과 한수민, 그리고 최윤지가 자매라는데, 우리가 자매라고 하는데, 성이 다르다고 뭐가 문제겠어요? 그런 건 아무려나 상관없어요.

　어쨌거나 우리는 콩나물처럼 쑥쑥 자랐고, 내가 스물아홉 살 한수정 대리가 되는 동안 수민이는 피아노 학원 선생님이 되었어요. 윤지는 공무원이 되었고요. 동사무소에 다녀. 이제는 행정복지센터라 명칭이 바뀌었다는데 나는 그 이름이 입에 붙질 않아 여태 동사무소라 불러요. 엄마가 공인중개사 일을 그만둔 건 5년쯤 되었고요. 살림만 하던 사람이 아니라 좀이 쑤셨던지 재작년부턴 아버지 약국에서 사무원으로 일해요. 아버지 말로는 조제실에 들어가 자꾸 존대요. 본 적은 없지만 아버지 말만으로도 그 광경이 눈에 그려져 나는 몇 번이나 쿡쿡 웃었어요.

　여름 휴가 때 부산엘 가면 엄마는 약국에도 나가지 않고 온종일 밥상을 차렸어요. 그만 좀 하라고, 나도 연정에서 밥 잘 먹고 있다고 아무리 얘길 해도 엄마는 콧방귀만 뀔 뿐 끊임없이 무언가를 썰고 무치고 삶고 볶아댔어요. 비 오는 마당을 바라보며 마루에 앉은 내 앞에 마늘 절구를 내어놓기도 했지만 그러면 나는 모른 척 푸르른 바깥만 쳐다보았어요. 타드닥타드닥 나무 이파리를 때리는 빗방울 소리를 나는 진짜 좋아하거든요. 그러다 졸리면 마루에 아무렇게나 눕고, 된장찌개 냄새에 쿵쿵대며 눈을 떠 밥 한 그릇 가득 퍼먹고, 또 데구르르 마루를 구르고…… 그러다 보면 휴가가 다 지나갔는데.

나는 음, 그동안 연애라고 할 만한 일을 세 번 겪었지만 슬프게도 세상을 다 말아먹을 기세로 덤벼들어 본 적은 없어요.

그러니까 내가 하고 싶은 말은, 나라고 영 다른 인생을 산 건 아니라는 말이에요. 불행하게 큰 적 없고, 악랄한 새아버지에게 구박받은 적도 없고, 우리 엄마도 남자에게 미쳐서 애들 다 팽개치고 팔자 고친 여자가 아니라는 거예요. 그냥…… 평범했다는 거예요. 평범하게 자랐다는 말을 왜 이렇게 구구절절 늘어놓아야 하는지 나도 잘 모르겠지만.

2장

연정시장 날개떡볶이

"94번 손님, 3번 창구로 오십시오."

기계음이 울린 뒤 내가 다시 한번 94번 손님!을 불렀고, 철규씨가 내 앞으로 다가왔어요.

"한대리님, 요즘 왜 안 오세요?"

철규씨는 연정시장 날개떡볶이 사장이에요. 그는 커다란 가방을 창구에 털썩 올려놓으며 싱글싱글 말을 걸었어요. 오후 3시 반이군. 시계를 보지 않아도 털썩, 큰 가죽가방이 내 눈앞에 나타나면 나는 시간을 알 수 있어요.

이런 가방은 대체 어디서 사는 걸까요? 아, 물론 로고는 박혀 있어요. 루이뷔통. 하지만 로고가 박혀 있다고 그 가방이 루이뷔통 매장에서 나왔다고 볼 수 있는 건 아니잖아요. 철규씨는 가방의 지퍼를 열어요. 봐요, 지퍼가 빡빡하잖아요. 단박에 끝까지 연 적이 없어요. 몇 번이나 띠꺽띠꺽 소리를 내며 멈춰요. 그래도 기어이 지퍼를 열면 천 원짜리 다발들이 쏟아져요. 동전도요.

"우리 매운오뎅 새로 출시했는데. 완전 매워. 개매워. 완전 끝내줘요. 과장님이랑 오세요. 오늘 저녁 콜?"

"그럴까요? 안 그래도 매운 거 좀 먹고 싶었는데."

나도 웃어요. 나는 잘 웃는 사람이거든요. 나한테 해코지도 하지 않는데 괜히 새침하게 구는 건 사람에 대한 예의가 아니라고 생각도 하고요. 게다가 철규씨는 우리 한주은행 연정시장지점의 주요 고객이니까요.

물론 조금 역해요. 사람한테 역하다는 말을 쓰려니 미안하기는 한데, 팔목에 찬 수갑만큼이나 거대한 금팔찌만 빼도 좀 괜찮을 것 같아요. 늘어난 티셔츠 네크라인 사이로 번쩍번쩍하는 금목걸이는 또 어떻고요. 그런 건 집에 좀 두고 다니면 안 되나요?

연정시장 날개떡볶이는 유명해요.

아침 여섯 시면 문을 여는데, 일곱 시만 되어도 줄이 어마어마하게 길어요. 출근길 사람들이 떡볶이 1인분씩

먹고 가고 김밥도 포장해서 가고, 꽃게 둥둥 뜬 꼬치어묵은 하나도 안 비리고 담백해요. 인정. 그 집 맛있어요.

스물여섯 살 날개떡볶이 사장 철규씨는 어머니한테서 떡볶이집을 물려받았다고 하는데 이전엔 볼 것 없는 분식집이었다나 봐요. 풍을 맞아 자리보전한 어머니 대신 앞치마 동여매고 장사를 시작했는데 1년도 안 되어서 연정시장 명물이 되었어요. 대단한 청년이죠. 그전엔…… 몰라요, 무얼 하던 사람인지. 아무튼 3년가량 돈을 막 쓸어 담았대요.

덩치도 좋아요. 그냥 길 가다 마주쳤다면 어느 피트니스클럽 트레이너라 생각했을지도 몰라요. 인상은 순해요. 1년 전쯤부터 우리 지점에 오기 시작했고, 올 때마다 금팔찌와 금목걸이를 번쩍거리면서 창구에 루이뷔통 가죽가방을 털썩 내려놓았어요. 뻑뻑한 지퍼를 열고 천 원짜리와 동전들까지 싹싹 긁어내면 네…… 철규씨는 부자예요. 돈이 많았어요. 카드 매출 빼고 현금만 그 정도니 매일 오후 3시 반이면 그의 예금잔고는 가죽가방의 부피만큼 꼬박꼬박 늘어났어요.

"아, 진짜 한대리님!"

천 원짜리 다발을 계수기에 넣고 세는 동안 철규씨는 창구에서 는적는적거렸어요.

"도대체 언제쯤이면 제 맘을 알아줄 건데요? 나 확 은행 옮겨버린다? 잔고 다 빼서 딴 데 갈 거예요?"

뭐라는 거니, 정말. 어이가 없었지만 농지거리 앞에서 파르르 떠는 것도 우습잖아요. 그래서 그냥 웃었어요. 그러면 꼭 차장님이 한마디 거들었어요.

"그럼 우리 한대리 시집가는 날엔 국수 대신 떡볶이 먹는 건가? 그것도 괜찮네. 이봐, 철규 사장. 한대리 빨리 좀 데려가. 얼마 안 있으면 서른이야, 서른. 그전에 쇼부 쳐야지."

"한대리님 대박. 철규 사장님 완전 알짜배기 부자라고 소문났던데. 결혼하면 그 돈 다 한대리님 거?"

"내가 날개떡볶이 팔아준 게 얼만데 철규 사장님은 맨날 한대리님만 찾더라!"

강계장도, 조주임도 말을 보탰지만 누구도 나를 놀리려고 한 말은 아니었어요. 그저 인사말 같은 거죠, 안 그래요? 다들 그렇게 사회생활 하는 거잖아요?

철규씨 때문에 딱히 불쾌했다거나 한 적은 없었어

요. 싫었죠, 싫었어요. 하지만 그럴 수도 있다고 생각했어요. 돈이 많아요. 잘 벌어요. 그걸 누구한테 자랑하겠어요? 매일매일 돈 가방 들고 와서 은행원 앞에서 잘난 척하는 거, 그게 뭐 그리 대수겠어요. 잘난 척하는 김에 농지거리 좀 섞는 거라고 생각했던 거예요. 그 정도는 참아줄 수 있었어요. 그리고 솔직히, 은행원에게 농지거리 섞는 사람이 어디 철규씨뿐이던가요?

날개떡볶이엔 자주 들렀어요. 은행 바로 앞이에요. 은행원들은 점심시간을 서로 쪼개 써야 하니까 후다닥 먹고 들어오거든요. 줄이 길어도 철규씨가 주방 안쪽 빈곳에다 자리를 마련해주곤 했어요. 떡볶이에 뜨거운 우동 한 그릇 훌훌 비우고 카드를 내밀면 안 받은 날도 많아요.

"내가 한대리님한테 이거 받아 뭐 하려고요? 얼마나 부자 되라고요? 그냥 시집이나 와요. 안 되면 데이트라도 해주던가."

그런 말을 할 때면 카운터 뒤로 쭉 뺀 엉덩이를 어찌나 흔들흔들거리는지 꼴사납기 짝이 없었어요. 가끔은 과장님이 눈을 흘기기도 했죠.

"김사장님, 작작 해. 한대리도 성질나면 무섭다?"

"아니, 사나이 순정을 왜 이리 몰라줘요? 나 참, 돌겠네."

철규씨가 투덜거리면 서빙을 하는 아주머니들이 우우 설레발을 쳤어요.

"우리 사장님이랑 살면 평생 공주 대접받을 텐데 은행 아가씨가 너무 튕기네!"

이해가 안 된다고요? 왜 야멸차게 잘라내지 못했냐고요? 잘라낼 게 뭐가 있어요? 아무 사이도 아닌데. 그냥 추저분하게 굴던 사람일 뿐이에요. 고객이랑 얼굴 붉혀서 좋을 일이 뭐가 있다고요. 그냥 진상 한번 된통 걸렸구나, 생각했어요.

민둥언덕 카페

"짜증 나요, 정말."

"철규 사장?"

나는 입을 삐죽이며 고개를 끄덕였어요. 과장님이 알
만하다는 듯 얼굴을 같이 찌푸려줬어요. 저는요, 사실
그렇게만 동의해줘도 기분이 나아지는 편이에요. 그래,
네 맘 알겠어. 그럴 만해. 그렇게 말해주는 사람이 옆
에 있으면 마음이 하르르 풀리는걸요. 엄청나게 단순하
죠? 아무래도 유전자의 문제인 듯싶어요. 엄마도, 수민
이도 그래요. 좋은 게 좋은 거고, 굳이 남들과 감정적으
로 엉기는 거 안 좋아하고.

그날은 큰애가 전지훈련을 떠나서 모처럼 홀가분해
진 과장님과 근교로 바람을 쐬러 갔어요. 그래요, 그날.

기억나요. 해안도로를 따라 달릴 요량으로 미리 커피를 샀죠. 스타벅스 드라이브스루에서 라테 두 잔을 사서 나오는데 웬걸, 갑자기 배가 살살 아픈 거예요. 신시가지는 이미 지났고 벌써 바닷가 민둥언덕들이 보이기 시작했는데 배가 아프다니.

"노상방뇨할 공간은 이리 많네, 뭐."

"노상방뇨가 아니라 노상방변이 될 것 같은데요. 저 좀 어떻게 해주세요, 과장님!"

과장님은 결국 바닷가 커다란 카페 앞에 차를 댔어요. 언뜻 보아도 장사가 되지 않아 그냥 문만 열어둔 것 같은, 덩치만 큰 카페였어요.

"다녀와."

"커피도 안 마시면서 남의 카페 화장실만 갔다 오라고요?"

"정 미안하면 주인한테 눈이나 한번 찡긋해주고."

그러면서 과장님이 살짝 윙크했는데, 그 가느다란 눈이 참 예쁘고 우스웠어요.

묵직한 카페 문을 열고 들어갔는데 정말이지 손님이 하나도 없더라고요. 키가 멀대처럼 큰 주인 남자가 쳐다 보았지만 나는 너무 급해서 재빠르게 화장실 위치를 파악하고 뛰었어요. 나오는 길에도 주인 남자의 시선이 느껴졌지만, 이렇게 외진 카페에는 나같이 반갑잖은 사람들도 많이 드나들 거야, 그러니 괜찮아, 귀찮게 인사 같은 거 하지 말고 그냥 튀는 게 나아, 그러면서 몸을 틀었어요. 그런데 세상에, 내 손에 스타벅스 커피잔이 들려있는 게 그제야 보이지 뭐예요. 아니, 그 급한 와중에 화장실로 뛰면서 커피는 왜 들고 온 거래요, 정말.

순전히 스타벅스 커피 때문에 무안해서 뻘쭘히 섰는데 과장님의 농담이 떠올랐어요. 정 미안하면 눈이나 한번 찡긋해주라던. 그래요, 장난스러워진 거죠. 과장님 흉내를 내며 눈을 찡긋, 해줬어요. 그러고는 냅다 달아났죠.

차에 올라타서는 과장님에게 떠들었어요.

"저 진짜 찡긋, 하고 왔어요! 진짜로요!"

"미쳤구나!"

서둘러 출발하며 우리는 정신 나간 여자들처럼 웃었어요. 생각해보면 그게 또 뭐가 그리 우습다고. 여하튼 내가 하려던 말은…… 과장님과 지냈던 연정시에서의 내 생애가 몹시 즐거웠다는 거예요. 내가 무럭무럭 자

라 한주은행 연정시장지점 한수정 대리가 되기까지의
날들 말예요. 그 민둥언덕 카페 이름이 <잊혀진 계절>
이라는 건 나중에야 알았어요. 정말 촌스럽지 않아요?
이름이 그러니까 손님이 없지.

노란빛

"나 따라갈래?"

과장님이 재킷을 집어들다 말고 말했어요. 어딜요? 눈으로 묻는 내게 과장님은 그저 따라오라 턱짓을 했어요. 창구 업무가 끝난 시간이라 얼른 옷을 갈아입고 주차장으로 나갔더니 지점장님이 과장님 차 뒷좌석에 앉아 넥타이를 고쳐매고 있었어요.

"우리 한대리도 같이 가나? 그래, 이렇게 다니면서 일도 배워야지. 양꼬치 좋아해?"

양꼬치는 좋아하지만 지점장님이랑 같이 먹는 양꼬치는 글쎄요…… 과장님이 운전해 간 곳은 부동산개발회사였어요. 오십줄의 송대표가 자리에서 일어나 박과장님에게 반갑게 알은체를 했어요.

"밖에서 뵈니까 또 다른 분 같습니다? 그래, 박과장님은 골프는 좀 하시나요?"

도리도리, 박과장님이 고개를 저었어요.

"죄송해요. 전 죽어도 골프는 못 하겠더라고요. 영 운동신경이 글러먹어서요."

"골프를 어디 운동신경으로 합니까? 사람에 대한 애정으로 하는 거지요! 아니, 그런데 연정시장지점은 왜 하나같이 골프를 안 해, 골프를?"

모르겠죠, 송대표는요. 우리 지점 모든 여자 직원에겐 골프 금지가 생활신조라고요. 다 부지점장님이 설파한 거예요. 우리 부지점장님은 마흔여섯에 부지점장에 오른, 그야말로 한주은행의 전설 같은 인물이에요. 얼핏 보면 보글보글 파마머리를 한 평범한 50대, 입시생 엄마처럼 보이지만 스물네 살에 입사하면서부터 비혼을 마음먹고 은행을 위해 달린 열혈 커리어우먼이죠. 머리는 태어날 때부터 꼬불꼬불 고수머리였대요.

"나? 사수를 잘 만나 여기까지 온 거지."

부지점장님은 늘 그렇게 말했어요. 부지점장님이 말하는 사수란, 신시가지에 있는 세연동지점 황연숙 부지점장님이에요. 황연숙이 아니라 황연정이었던가? 어쨌거나 부지점장님이 맨날 황언니라 불러서 우리도 그분을 황언니라 불러요. 가끔 우리까지 몽땅 불러 곱창도 사주고 그래요. 부지점장님은 신입 시절 황언니를 만나 정말 빡세게 업무를 배웠대요. 황언니 남편도 한주은행 사람이에요. 서울 서초 어디 지점장이래요. 멋있지 않나요? 남편은 지점장, 아내는 부지점장. 내가 그런 말을 하면 과장님은 진저리를 쳐요. 집에 가도 은행 얘기밖에 할 거 없는 부부가 대체 뭐가 재밌겠냐고요. 아무튼 우리 부지점장님은 황언니가 하라는 건 다 하고 황언니가 하지 말라는 건 되도록 안 하면서 일했어요. 그 하지 말라는 일 중 하나가 골프였어요.

황언니는 그야말로 골프 이야기만 나와도 부르르 몸서리를 쳤어요. VIP 고객들은 도대체 왜 그렇게 골프를 쳐대는지, 그리고 칠 거면 자기들끼리 치지, 왜 꼭 지점 보스와 동행해야 하고, 또 지점 보스는 왜 꼭 직원들을 데리고 가려 하는지. 황언니는 과장 시절부터 토요일 새벽 다섯 시에 일어나 과일 도시락을 준비해 골프장에 가야 했대요. 그게 말이 되나요? 아니 과일은 사먹으면 되지 꼭 은행 여자 직원이 싸가야 하나요? 안 싸면 되는 거 아니냐고요? 아시잖아요, 모두 그렇게 해왔던 일

들은 그렇게 쉽게 사라지지 않아요. 지금은 다른 지점으로 간 남자 차장님이 주말 골프 회동에 다녀온 뒤 킬킬거리며 했던 말이 아직도 잊히지 않아요.

"학산지점 조과장…… 골프를 치는데, 아주 빤스를 입고 왔어요. 빤스를."

그 조과장이란 분이 전날부터 장을 보고 새벽같이 일어나 준비한 과일을 집어먹으며 그 빤스 같이 아슬아슬한 골프복을 쳐다보았겠죠. 하마터면 부지점장님이 계수기를 들어 그 차장 머리통을 박살낼 뻔했다니까요.

"말리진 않아. 네가 골프 배운다면 나는 못 말려. 그래. 출세하고 싶으면, 부지점장 달고 지점장 끝끝내 달고 싶으면 배워야지. 골프도 다녀야지. 나도 그랬잖아. 그런데 진짜 못 볼 꼴 다 본다. 그냥 차장까지만 하고 퇴직하자, 그런 생각하면 골프 같은 거 하지 마. 편하게 대충 살아."

부지점장님에게 황언니가 늘 했던 말이래요. 하지만 부지점장님은 골프를 배우고 말았어요. 남들보다 인맥을 더 많이 쌓고 싶었고 빠르게 승진도 하고 싶었거든요. 차장이 되면서부터 토요일 새벽마다 과일 도시락을 쌌고 부지점장이 되자마자 "골프를 너무 많이 쳤나 봐요. 디스크가 터져버렸어요!" 그러면서 발을 끊었죠. 우리 보스, 그러니까 지점장님은 더는 부지점장님을 달고 다닐 수 없어서 약이 바짝 올랐지만 별수 있나요? 아프다는데?

부지점장님은 황언니에게 배운 것들을 모조리 과장님에게 가르쳤어요. 그리고 과장님은 나를 달달 볶아가며 가르쳤고요. 한주은행 언니들의 계보라고나 할까요, 하하. 그런데 솔직히 말하면 나는 황언니를 그다지 좋아하지는 않았어요. 그건 아마 성격 문제일 거예요. 나는 물렁물렁한 사람이거든요. 악착같이 누구를 이겨보려고 이 앙다물어본 적도 없고 매사 이래도 흥 저래도 흥이라 황언니는 나에게 속사포처럼 조언을 쏟아붓다말고 문득 얼굴을 풀며 피식 웃었어요. 얘는 가르쳐봐야 별 싹수가 없겠구나, 하는 표정이었달까요? 그런 건 아닌데. 우리 부지점장님은 내가 가르치는 족족 잘도 알아듣는다고 촉촉한 스펀지 같은 수정이라고 불러주었는데. 그러니까 황언니는 언제나 앞장서 뛰어가는 사람이었고 그만큼 사람들을 실망시키지도 않았어요. 황언니의 말은 늘 옳았고 현명했고 지혜로웠어요. 적어도 연정에서 근무하는 한주은행 여자 직원이라면 누구나 황언니를 선망의 눈길로 쳐다보았으니까요.

과장님도 고민이 많았을 거예요. 우리 과장님, 야망 있는 사람이거든요. 연정에선 넘어설 사람 없는 능력자 프라이빗 뱅커예요. 당연히 초고속 승진으로 여기까지 왔고요. 골프를 안 쳐서 중요한 미팅을 자꾸 놓친다는 것이 편치 않았을 거예요. 결국 부지점장까지 오르지 못하고 차장으로 퇴직하게 될까 봐 마음 졸였겠죠. 하지만 그런 무례를 견딜 만한 사람은 또 아니라 늘 경계에서 고심했어요.

과장님이 골프는 못 한다 단호하게 말하자 송대표가 조금 김샌 표정을 했고, 그걸 무마한답시고 지점장님이 하하하 호탕하게 웃으며 떠벌렸어요.

"그래도 우리 박과장…… 술은 아주 잘 마십니다아!"

그걸 말이라고.

양꼬치집에서 칭따오를 마시고 헤어진 뒤 과장님과 저물녘 바닷가를 산책했어요. 백사장에 앉아 맥주를 두 캔씩 마셨고 빈 캔을 와그작거리며 종알종알 떠들었죠. 별 의미도 없는 소리를요. 과장님도 그랬어요. 괜한 자리 데려갔네, 미안해. 무슨 말씀을요. 공부 많이 했어요.

뭐 그런 하나 마나 한 이야기였어요. 그때였어요.

번쩍. 어두운 등 뒤에서 무언가 번쩍. 등 뒤에서부터 귓가를 스치며 노랗게 번쩍이는 그것의 정체를 깨닫기도 전에 나는 소스라쳤는데, 이해하시겠어요? 엄청난 불쾌감이었어요. 내 생애를 다 뒤덮고도 남을 만큼 거대한 불쾌감이 몰려왔던 거예요.

이유는 나도 모르겠어요. 스물아홉 해 내 몸을 내가 가지고 살아왔는데, 그래서 내 몸이고 내 마음이고 내가 제일 잘 아는데, 내 몸과 내 마음이 동시에 불쾌하다고 소리를 지르고 있었어요. 일종의 예감 같은 것이었을까요? 그랬다면 나는 그때 미리 달아났어야 하는 걸까요?

노랗게 번쩍인 건 철규씨의 금팔찌였어요. 친구와 바람을 쐬러 나왔다가 우리를 봤대요. 나도 모르게 미친 새끼…… 중얼거렸는데 그 사람은 내 말을 못 들었을 거예요. 소리를 내진 않았거든요.

마음은 곧 가라앉았어요. 사실 철규씨가 나를 놀래려고 소리를 빽 질렀던 것도 아니고 내 등에 손을 댄 것도 아니니까요. 설명할 수 없는 불쾌감이야 그 답은 나 스스로 찾아야 할 일이니.

그날 철규씨가 맥주를 샀어요. 바닷가 언덕의 카페에 서였죠. 노상방변의 일촉즉발 상황에서 내가 눈을 찡긋, 하고 만 그 카페 주인이 맥주와 마른안주를 내어왔고 재미도 없는 허랑한 농담들이 몇 번 오가던 끝에 내가 입을 열었어요.

"과장님, 저 소개팅할까 봐요."

예정된 소개팅 따위는 없었어요. 그런데도 내가 그런 말을 한 건 아마도 그 금팔찌와 금목걸이, 루이뷔통 가죽가방을 이제 멀찍이 떨어뜨려 놓고 싶어서였는지도 몰라요. 심통을 부리거나 더 허세를 부리거나 할 줄 알았던 철규씨가 뜻밖에도 얼굴이 심하게 빨개졌어요. 그 바람에 모두가 민망해져서 다음 말을 이어가지 못했어요. 어영부영 맥주잔을 비우다가 집으로 돌아왔죠. 쓸데없는 소릴 한 건가, 몇 번 생각했지만 곧 잊었어요. 이제 더는 귀찮게 하지 않겠지, 하고 말았어요.

어서 와, 나의 동생들

"어디라고?"

"연정. 언니네 은행 앞이야."

윤지가 그렇다니까요. 공무원이라는 애가 동에 번쩍, 서에 번쩍 잘도 돌아다녀요. 아니, 연정에 올 거면 미리 연락을 했어야죠. 욕실 청소라도 좀 해둘걸. 분홍색 물때 낀 걸 아침에도 봤는데. 그런 생각을 하며 일단 나무랐어요.

"야, 나 퇴근 시간 되려면 멀었단 말야. 연차 낸 거야? 어떻게 왔어? 엄마랑 싸웠어?"

"내가 애냐? 근처에서 놀고 있을 테니까 퇴근할 때 전화해."

그래도 어디 그럴 수야 있나요? 당장 은행으로 불러

들여 지점 사람들에게 인사를 시켰어요.

"어머, 언니보다 열 배는 더 이쁘고 언니보다 백 배는 더 싹싹하다! 집안 내력인가 봐!"

부지점장님은 윤지를 보자마자 마냥 반갑다고 호들 갑을 떨더니 윤지와 나를 순댓국밥집으로 이끌었어요. 과장님도 슬그머니 따라나왔고요. 특 순댓국밥에 머릿 고기까지 부지점장님이 다 쏘셨죠.

"어라? 한대리님 동생이라면서 하나도 안 닮았네 요?"

순댓국밥집 사장님이 한마디 건네자 아버지를 꼭 빼 다박은 윤지는 머릿고기를 오독오독 씹으며 헤벌쭉 웃 었어요. 막내는 막내예요. 스물네 살이나 먹었지만 여 태 아이처럼 해맑게 웃거든요.

내 퇴근 시간이 되기까지 윤지는 혼자 연정을 돌아다 녔어요. 신시가지도 둘러봤을 테고 연정시장 구경도 했 겠죠. 옛날식 통닭 한 마리를 사서 함께 집으로 갔을 때 그제야 윤지가 말하더라고요.

"큰언니, 떡볶이집 남자랑 아는 사이야?"

가슴에서 덜컹 소리가 났어요. 그리 놀랄 일도 아닌 데 나는 그때 왜 가슴이 덜컹거렸을까요?

"왜? 누가 뭐래? 떡볶이집 갔었어?"

"꼬치오뎅 하나 먹고 있는데 순댓국밥집 사장님이 지나가다가 아이고, 한대리님 동생이 여기 있었네! 그러니까 아줌마들이 막 옆에 와 가지고 이 집 사장님 처제가 놀러왔네 어쩌네 하면서 떠들잖아. 그 금목걸이 한 남자가 사장이지? 아, 딱 보자마자 기분이 더럽더라고. 카운터에서 나를 빤히 쳐다보는데 그 눈빛…… 기분이 그랬어. 왜 사람을 그런 눈으로 보지? 뭐랄까, 케케묵은 분노 같은 거…… 그런 게 느껴져서 소름이 확 끼쳤어. 떡볶이 포장해 오려다가 말았잖아. 그리고 거기 아줌마들은 왜 그렇게 말이 많아? 내가 인상을 쓰는데도 계속 그러더라고. 짜증 나게."

민둥언덕 카페에서 철규씨 얼굴이 빨개졌던 일이 떠올랐어요. 나는 옛날식 통닭 포장지를 뜯으며 가볍게 대꾸했어요.

"그냥, 미친놈이야."

그날 윤지가 나를 찾아온 건 할 말이 있어서였어요. 맙소사, 결혼을 하겠다는 거예요. 뜬금없기로는 정말 세상 1등이에요.

"뭐라고? 결혼을? 왜?"

"사랑하니까."

"놀고 있네. 너 스물네 살이거든요."

"스물네 살은 결혼하면 안 되나요?"

"안 되거든요!"

"왜요?"

나는 한숨을 폭 쉬고 윤지에게 물었어요.

"엄마는 뭐래? 아버지는?"

"자기 둘을 죽이고 가래."

"그래, 그래야 할 것 같네."

"도와줘."

"내가 왜요?"

윤지는 토라진 얼굴로 닭다리를 뜯기 시작했는데, 말릴 수 없는 일이라는 걸 나는 이미 알고 있었어요. 엄마와 아버지도 아마 나 같은 생각이었을 거예요. 윤지는 뭐든 원하는 걸 해왔고, 또 잘해왔거든요. 어린 나이인데, 더 많은 세상 본 다음에 결혼해도 될 텐데. 그런 생각이 들었지만 윤지는 어쨌거나 할 테고, 또 잘해낼 거였어요. 통닭을 반쯤 먹어치웠을 때 엄마가 카톡 메시지를 보내왔어요.

'그년을 죽여버려.'

쿡쿡 웃음이 터졌어요. 어지간히 싸우고 온 거겠죠.

"엄마가 너를 죽여버리래."

다음 메시지가 도착했지만 엄마가 보낸 것이 아니었어요.

'연정역에서 택시 탔음. 15분 걸린다고 함.'

둘째 수민이었어요. 수민이는 원룸 현관문을 부서져라 밀고 들어오더니 바락바락 악부터 썼어요.

"언니한테 갈 거면 같이 가야지! 내가 연정 가고 싶다고 그렇게 말했었는데 저 혼자 쓱 가버리고! 진짜 의리라고는 개뼉다귀만큼도 없어!"

"수업은 어쩌고?"

"미뤘지!"

자매가 다 모였다는 소식을 들은 과장님이 배달 앱으로 시켜준 족발까지 앞에 두고 그날 우리 세 자매는 밤새 떠들었어요. 막내의 결혼을 언제 말렸냐는 듯 수민이와 내가 더 흥분해서 설레발을 치기도 했죠. 글쎄, 같은 동사무소에서 일하는 사람이래요. 늘 아기 같기만 했던 수민이와 윤지가 내가 말아주는 소맥을 잘도 받아마셔 놀라기도 했던 밤이었어요.

그 시간, 엄마와 아버지도 부산에서 한잔했을 거예요. 오랜만에 둘이서 오붓하게.

"언니, 옛날에 윤지가 엄마 붙잡고 막 울고불고했던 거 기억나? 저만 최씨고 우리 둘은 한씨라고 동생 낳아달라고, 최씨 동생 낳아서 자기랑 편 먹게 해달라고 징징거린 거?"

그걸 어떻게 잊겠어요? 한두 번이 아니었거든요. 윤지는 걸핏하면 꺼이꺼이 울어대면서 최씨 동생 낳아달라고, 그래서 2 대 2 할 수 있게 해달라고 졸랐거든요.

"언니들이 하도 편 먹고 나를 약 올리니까 그랬지!"

"넌 그래서 안 돼. 거기까지야, 네 머리는. 최씨 동생을 낳아봤자 걘 우리 엄마 배 속에서 나온 거야. 그러니까 걘 완벽한 네 편이 아니라 깍두기가 되는 거였다고. 언제 너를 배신할지 모르는 깍두기 팔자."

웃자고 한 이야기였는데 문득 가슴 한편이 서늘해졌어요. 결혼은 생각보다 복잡하고 묘한 거라던데, 성이 다른 자매의 존재가 껄끄러운 짐이 되지는 않을까 하는 소심한 마음. 나는 가만히 윤지에게 물었어요.

"그쪽 집에선 알아?"

"뭘?"

족발을 먹느라 입술이 반질반질해진 윤지가 눈을 동그랗게 떴어요.

"우리 집 얘기."

"뭐? 엄마 아빠 재혼한 거, 그런 거?"

"재혼이야 그렇다지만…… 우리 성 다른 거."

윤지는 어이가 없다는 얼굴로 나를 쳐다보았어요.

"알겠지. 동훈이 오빠가 아는데 어른들도 알겠지."

"확실히 알고 계셔?"

"물어본 적 없어. 그리고."

그리고? 그래요…… 고백해요. 윤지의 대답을 기다리며 나는 조금 조마조마했어요.

"그게 뭐가 중요해?"

어떤 사람들에게는 중요해, 라고 대답하는 것이 맞는지 그래, 하나도 중요하지 않지, 라고 말하는 게 맞는지 망설이는 찰나 수민이가 끼어들었어요.

"나중에 사돈 어르신들 만나면 이렇게 인사해야 하는 거야? 안녕하세요, 최가 윤지의 둘째 언니 한가 수민이옵니다. 이쪽은 맏언니 한가 수정이고요."

우리는 또 웃음보가 터지고 말았어요. 하도 웃어대는

바람에 옆방 사람이 벽을 두어 번 쾅쾅 쳤어요. 그러고 보니 새벽 4시가 넘었더라고요. 두들길 만도 하지.

동생들이 부산으로 돌아간 다음 날, 흑석동 아빠에게 전화를 걸었어요. 오랜만에 전화를 했더니 아주 바람처럼 날아왔더라고요. 퇴근 후 오마카세집에서 만났는데 가격이 너무 비싸서 나도 모르게 얼굴을 찌푸렸어요.

"가만 보면 우리 수정이, 아빠를 너무 무시해. 이 정도 저녁도 못 사줄 것 같아?"

맛있는 걸 누가 모르나요? 단새우초밥과 우니군함말이는 정말이지 너무나 끝내줘서 나는 돌아버리는 줄 알았다고요.

"내가 사려고 했단 말이야. 그런데 너무 비싸서 생각을 좀 해봐야겠어."

"생각 같은 거 하지 마. 아빠가 살 테니까."

"내가 사야 해서 그래. 부탁할 게 있거든."

흑석동 아빠가 잠깐 내 얼굴을 쳐다보았어요.

"하지 마."

"뭘?"

"부탁 같은 거 하지 말라고. 뭔진 모르겠지만 느낌이

좋지 않아."

하여간 눈치는. 하지만 큰맘 먹고 나온 자리였어요. 두어 달에 한 번씩 아빠를 만나기는 하지만 나이를 먹을수록 나눌 수 있는 이야기의 폭이 작아지는 건 어쩔 수 없었어요.

"막내가 결혼해, 아빠."

"수민이가?"

아빠가 화들짝 놀랐어요. 아빠에게 막내란 그저 수민이라는 사실이 기가 막혔어요.

"수민이가 왜 막내야? 윤지 말하는 거지."

"걔는 니네 엄마 막내고."

"그럼 아빠 막내는 진석이지."

네, 흑석동 아빠의 막내는 진석이에요. 가족이라도 다를 건 다 달라요. 진짜 우습죠?

"그런 소린 됐고. 걔가 결혼하는데 뭐? 축의금 내라고?"

"내라면 낼 거야?"

"못 낼 게 뭐 있어? 그 사람이 내 새끼들 그동안 받아 줬는데 그쯤도 못 하겠어?"

나는 고개를 설레설레 내저었어요. 아빠가 그런 말

하는 거 정말 싫었거든요.

"후진 소리 좀 하지 마. 누가 누굴 받아줘? 우린 그냥 같이 산 거야. 가족을 만들어서. 우리가 배구공도 아니고 정말."

"그럼 뭐? 부탁할 게 뭔데?"

"동의서 써줘."

"시끄러워."

"부탁이야, 아빠."

화가 난 듯 메로구이를 헤집던 아빠가 탕, 젓가락을 내려놓았어요. 아빠의 마음을 모르는 건 아니에요. 딸 둘을 빼앗기는 듯한 마음, 모르지 않아요. 하지만 난 윤지 큰언니잖아요. 나는 윤지가 그 집에서 곱게 자란 아이처럼 보였으면 했어요. 막돼먹은 집안 아이라고 무시당할까 봐 걱정한 게 사실이었어요.

"너는 한수정이고, 둘째는 한수민이고, 막내는 한진석이야. 변하지 않는 진실이야."

"그런 진실 같은 거 아빠, 세상에 없어. 진실이 있다면, 굳이 찾자면, 그냥 아빠가 내 아빠라는 거야. 그것뿐이야."

"의리 없는 년."

"아빠가 지금 와서 의리 타령하면 내가 섭섭하다? 나 아빠랑 의리 지키느라고 새아버지한텐 아버지라고만 부르는데? 옛날에 아빠가 그랬잖아. 절대 아빠라고 하진 말라고. 그럼 너무너무 서운할 거라고. 그래서 내가 아직도 아빠라곤 안 해. 꼬박꼬박 아버지라고 하지."

"잘났다, 한수정."

"나도 내 말 정정할게. 우리 가족 막내는 윤지가 아니라 진석이라고. 나중에 엄마 아빠 없는 세상을 살 때도 내가 진석이한테 큰누나 될게. 아빠가 이번 한 번만 져 줘."

아빠는 뭐랄까, 조금 슬퍼 보였어요. 그깟 서류 한 장이 뭐라고 그랬던 걸까요? 아니, 성을 바꿔 서운한 건 수민이와 나여야 하잖아요. 스물아홉 해 동안 한가 성을 가지고 살았는데 이제 와 최가 성으로 바꾼다면 내가 서운하고 슬프고, 그래야 하는 거 아니에요? 왜 아빠가 저러는지 도통…… 기가 막혀서. 하지만 그런 말을 했다가는 아빠가 정말 토라질 것 같아 나는 샐샐 웃기만 했어요.

"수정아. 아빠가 재혼한 거 서운했어?"

그 말을 듣고는 그만 빵 터져버렸어요. 그게 대체 무

슨 소리래요? 아빠가 다 늙어 혼자 집에서 창밖만 바라보고 있을 생각하면 앞이 다 캄캄할 지경인데. 그나마 새 가족이 생겨 고독사는 면했다 싶어 얼마나 다행인데. 하여튼 나이 든 남자들은 생각을 하다 말아요. 아빠가 재혼을 해서 수민이와 내가 얼마나 한시름 놓았는지 그 진실을 알게 된다면 기절할지도 모르죠. 모르긴 몰라도 엄마도 안심했을걸요. 딸들이 훗날 아비 부양하느라 고생할 일은 없겠구나, 했을 거예요.

그러고 보니 문득 떠올랐어요. 난 은행원이잖아요. 남들 통장 관리해주는 일을 하는데, 내 통장 관리를 허술히 할 리 없죠. 다행히도 사업한답시고 집 들어먹는 아버지도 없고 노름을 하는 오빠도 없어서 돈 샐 일이 없어요. 꼬박꼬박 적금 들고 이율 높은 통장으로 잘 갈아타며 살았어요. 마흔 살이 되기 전에 집을 사는 일은 요원하겠지만 우리 과장님처럼 옷 잘 입는 과장이 되고 싶고, 우리 부지점장님처럼 푸근한 부지점장이 된 다음엔, 우리 지점장님 같지 않게 우아한 지점장이 되고 싶었어요. 나중에 부모 부양하느라 허리 휘지 않게 엄마와 아버지 의료실비보험도 따박따박 들어놨어요. 그런데 우리 흑석동 아빠까지는 생각 못 했구나, 싶어서.

"아빠, 실비보험은 들어놨어? 내가 하나 들어줄까?"

아빠가 아주 얼빠진 얼굴로 나를 쳐다보지 뭐예요.

"그런 말 하지 마. 나 없이도 니가 어른 된 것 같아서 몹시 기분이 이상해. 하지 마, 아빠 앞에선. 내 앞에선 평생 아기 해."

저런, 우리 아빠 울겠네.

흑석동 아빠는 끝내 동의서를 써주겠단 말을 하지 않은 채 서울로 돌아갔어요. 야박하기는. 집에 돌아와서야 가방 속 아빠가 넣어둔 봉투를 발견했어요. 5만 원권 두 장이 들어있더라고요. 또 실수했군, 하는 생각이 들었어요. 내가 아빠 가방에다 5만 원권 네 장이 든 봉투를 넣어놨거든요. 딸에게 진 것 같은 마음에 흑석동 아빠는 약이 올라 팔짝팔짝 뛰었을 거예요.

그날 원룸 복도

흑석동 아빠를 만난 다음 날이었으니 민둥언덕 카페에서 철규씨와 만난 지 꼭 2주가 지난 날이었네요. 철규씨는 그동안 은행에 오지 않았어요. 조금 신경이 쓰였지만 곧 잊었어요.

시장통을 지나면서 옛날식 통닭을 한 마리 살까 생각했지만 기특하게도 참아냈고 맥주를 마시며 밀린 미드나 보아야지 마음먹던 중이었어요. 구시가지 주택가는 어두워요. 어두운 길이 그리 길지는 않아서 발걸음을 서두르면 7분이면 다다라요.

그 7분 동안 등 뒤에서 노란빛이 세 번 번쩍였어요. 처음은 돌아보고 싶지 않았고 두 번째는 멈추어 서서 돌아보았어요. 저 골목 끝에 노란 팔찌를 찬 것이 틀림없는 그가 서 있었고요. 서서 생각했어요. 아니, 입속으로 중얼거렸어요. 미친 새끼, 꺼져. 알아듣기를 바랐어요. 다시 몸을 돌려 집을 향해 걸었는데 또 번쩍. 그때부터 뛰었어요.

그는 원룸 로비 비번을 누르고 있는 제 등 뒤에 섰어요. 그리고 나직이 물었어요.

"나한테 왜 그랬어요?"

나는 돌아보지 않고 말했어요.

"뭘요?"

"미친 새끼라고 했잖아요."

철규씨는 그 말을 언제 들었을까요? 백사장에서? 아니면 골목 끝에서? 나는 대답하지 않았어요. 그러자 그가 재차 물었어요.

"왜 그랬냐고 묻잖아요. 왜 미친 새끼라고 그랬어요? 내가 뭘 어쨌는데요?"

"미안해요."

나도 모르게 미안하다고 했어요. 하지만 나 아닌 누구라도 그랬을 거예요. 미안하다고, 잘못했다고 말하고 싶을걸요, 그가 그렇게 등 뒤에 서 있으면.

그가 대답하지 않아서 나도 가만히 서 있었어요. 그러다 고개를 돌려 그를 바라보았어요.

"철규씨, 저 지금 집에 들어가야 해요. 할 일도 많고요. 할 말이 있다면…… 음, 은행으로 오세요."

그가 너무 바짝 붙어서 있었기 때문에 나는 숨도 쉬지 못할 것 같았어요.

"철규씨, 저 들어가야 해요. 아, 정말…… 다음부터 제 얼굴 어떻게 보려고 이러세요?"

급기야 나는 호탕한 척 웃어 보였어요. 이렇게 바짝 붙어서서 나를 겁먹게 한 것쯤 다 잊어주겠다, 없었던 일로 할 테니 인제 그만 돌아가라, 그런 의미였어요. 내 웃음에 그의 표정이 살짝 풀어지는 듯해서 나는 빠르게 비밀번호를 눌렀어요. 그러면서도 계속 하하하, 웃었어요. 아무렇지도 않아. 나는 하나도 무섭지 않아.

아마도 날개떡볶이에서 일을 하다 나왔을 철규씨는 맨발에 슬리퍼 바람이었어요. 11월은 맨발로 다닐 계절이 아닌데. 그는 청바지에 티셔츠를 입고 루이뷔통 가방을 안고 있었어요. 그 가방을 안은 채로 저를 따라 건물 안으로 들어왔어요.

"저기요, 철규씨. 다음에 얘기하자니까요."

그는 듣지 않았고 눈동자를 어디에다 두고 온 사람처럼 텅 빈 눈으로 나를 쳐다보기만 했어요. 내 방은 1층, 여섯 걸음만 가도 되는 곳이었지만 발을 뗄 수가 없었어요.

"한대리님을 사랑한 거 말고, 제가 잘못한 일이 뭐가 있어요?"

달아나도 안 되고, 웃어 보여도 안 되는 그 순간이 오자 저도 모르게 비명이 터지더라고요. 있는 힘껏 소리를 질렀어요.

"야, 이 미친 새끼야! 그게 잘못한 거야! 왜 니 마음대로 나를 사랑하고 말고 해? 너 돌았니? 나한테 왜 이래, 이 미친 새끼야!"

그가 언뜻 한 발자국 뒤로 물러서는 것 같았는데, 그래서 몸을 홱 돌려 뛰기 시작했는데…… 더는 안 붙잡을 줄 알았는데.

손만 뻗으면 내 방 손잡이였어요. 그것만 잡으면 될 줄 알았는데, 등 뒤에서 노랗게 번쩍이는 빛이 느껴졌어요. 노란빛은 빠르게 움직였고 백사장에서 느꼈던 그 불쾌감이 온몸을 빠르게 휘감았어요. 돌아서서 무릎이라도 꿇을까 했는데 이미 늦은 일이었어요. 그는 루이 뷔통 가방에서 망치를 꺼냈고 그 망치로 내 정수리를 내리쳤어요.

백사장에서 미친 새끼라고 한 일, 카페에서 소개팅 이야기를 꺼낸 일, 원룸 복도에서 악을 쓴 일, 모두를 후회할 수도 있었겠지만, 아니 그전에 연정시장지점으로 옮겨온 일부터 모조리 후회할 수도 있었겠지만 나에게는 그럴 만한 시간이 없었어요.

나는 그때 죽었거든요.

3장

남은 사람들

알아요, 사람들이 얼마나 슬퍼했는지.

과장님은 세 번이나 실신을 했어요. 지점장님도 부지점장님도 강계장도, 조주임도요. 옛날식 통닭집 아줌마도 많이 울었어요. 순댓국밥집 사장님은 국밥을 두 개나 올린 쟁반을 바닥에 떨어뜨렸고, 이불집 아줌마는 휘청이다 가게 유리창에 등을 부딪고 바닥에 주저앉았어요.

"은행 아가씨가…… 왜? 왜 죽어?"

내가 다 봤어요. 모두 입을 틀어막고 숨도 제대로 쉬지 못했어요.

가족 이야기는…… 하고 싶지도 않아요.

우리 엄마는 부산에서 연정의 영안실까지 오는 동안 일곱 번이나 토했어요. 네 시간이면 오는 거리를 일곱 시간 넘게 걸렸다니까요. 핸들을 잡은 손에 자꾸 힘이 빠지자 아버지는 결국 휴게소에 차를 세우고 외삼촌에게 전화를 걸었어요.

"미안한데…… 지금 여기, 금강휴게소야. 좀 와줄 수 있겠어?"

하지만 엄마가 휴대폰을 빼앗았어요. 고개도 못 들고 뒷좌석에 엎어져 있던 엄마가 무슨 힘이 그렇게 났는지 아버지의 어깻죽지를 잡아 비틀며 기어이 휴대폰을 낚아챈 거예요.

"하지 마……. 아무 말도 하지 마. 입도 뻥긋하지 마. 내 새끼 안 죽었어. 그럴 리가 없으니까 입 닫아!"

그래요. 엄마는 믿을 수 없었고 믿기 싫었던 거예요. 누구에게라도 내가 죽었단 말을 하면 정말 그 말대로 되어버릴까 봐 무서웠던 거예요. 아버지는 그런 엄마 마음을 잘 알아서 알겠다고, 알았으니 누워있으라고 엄마를 토닥이곤 다시 핸들을 잡았어요. 손가락 마디마디 떨려왔지만, 이가 떨려 따닥따닥 맞부딪쳤지만, 그래서 턱이 아플 지경이었지만 꾹 참고 운전을 했어요. 울면

시야가 가려지니 그러지 못하고 참았지만 결국 갓길에 차를 대고 아버지는 우어어어, 짐승 같은 소리를 내지르고 말았어요. 갑자기 끊긴 전화에 놀란 외삼촌이 쉼 없이 재발신을 눌렀지만 아버지는 받을 수 없었어요. 애초 벨 소리가 아버지 귀에 들리지도 않았고요.

　엄마와 아버지가 영안실에 들어섰을 때 그곳엔 과장 님이 있었어요. 과장님은 푸들푸들 떨고 있었어요. 보고도 믿을 수 없는 사람처럼, 머리통이 3분의 1이나 으깨진 나를 내려다보며 입을 다물고 있었어요. 수정아, 한수정 대리야. 이러지 마. 일어나. 아마 그런 말을 하고 싶었겠죠. 하지만 과장님의 입술은 열리지 않았어요.
　엄마의 입은 그보다 더 굳게 닫혀 있었어요. 울지 않으려고, 아니 눈물이 눈에 가득 차 내가 안 보일까 봐 눈을 더 크게, 더 크게 뜨며 엄마는 나에게 걸어왔어요. 눈을 너무 크게 홉떠 엄마는 엄마 같지 않았어요. 천천히 한 걸음씩, 이 상황이 너무 두렵고 무서워 후다닥 다가갈 수도 없다는 듯이 엄마는 느리게 걸어와 내 목을 한 팔로 감싸 안았어요. 그리고 나머지 손을 내 등에 넣은 다음 나를 일으키려 했어요.

"가자. 집에 가자, 내 새끼…… 내 강아지. 집에 가야지. 여기 너무 춥다."

누가 엄마를 잡아 흔들기라도 하듯 목소리가 심하게 떨렸기 때문에 다른 사람들은 아마 엄마의 말을 알아듣지 못했을 거예요. 나는 다 알아들었지만요. 나를 일으키려는 엄마를 말린 사람은 아무도 없었지만 엄마는 끝내 나를 일으키지 못했어요. 엄마의 팔은…… 지푸라기 같았거든요.

내 소식을 들은 사람들도 다들 그러했겠지만 놀란 건 저도 마찬가지였어요. 나에게 무슨 일이 벌어졌는지 나도 잘 알지 못해 어리바리했는데 우리 강아지 집에 가자, 하는 엄마 목소리를 듣자 그만 아이처럼 울고 싶어졌어요. 엄마, 집에 가자. 나 집에 가고 싶어. 여기가 싫어요. 무서워. 수민이가 태어난 이후 엄마는 한 번도 나를 강아지라 불러주지 않았는데, 그 강아지란 말이 너무 반갑고 슬퍼서 바로 전날 원룸 복도에서 일어난 일은 그저 먼 생의 일 같았어요.

이제 그만 엄마 등에 업혀 집에 가고 싶었어요. 내가 살던 원룸 말고 부산 집 엄마 방, 따끈한 요 위에 눕고 싶었어요. 아버지, 우리 엄마가 지금 힘이 없대. 아버지가 나를 좀 데려다줘요. 돌아보았지만 아버지 눈엔 눈물이 들어차 아무것도 보이지 않았어요. 그렇게 어둡고 진한 빛깔의 눈물이 또 있을까요? 눈물이 투명하지 않다는 걸 나는 그날 처음 알았어요.

"놀라진 말고⋯⋯ 언니가 좀 다쳐서 병원에 있어. 수민이랑 천천히 올라와. 운전은 하지 말고."

아버지가 윤지에게 전화를 걸어 그렇게 말했을 때 윤지는 복사기 앞에 서 있었어요. 그냥 다쳤다고만 했는데, 희한하게도 윤지는 그대로 주저앉았어요. 놀란 사람들이 다가와 윤지를 부축했는데 "이상해⋯⋯ 가슴이 터질 것 같아요. 너무 이상해." 윤지는 그렇게 말했어요. 윤지의 남자친구 동훈씨가 윤지에게 키를 건네받았어요. 윤지는 차를 산 지 고작 두 달 되었거든요.

"엄마가 전화를 안 받아."

피아노 학원 앞에서 차에 올라탄 수민이의 낯빛이 하얗게 질려있었어요. 이야기만 들었지 처음 만나는 동훈씨에게 수민이는 인사도 건네지 않았죠. 그런 애가 아닌데, 마음에 덮쳐오는 불안감을 숨기지 못했던 거예요. 그 애들은 입을 몇 번 떼지도 못하고 연정엘 왔어요.

수민이와 윤지가 응급실로 들어가자 기다렸단 듯 남자 간호사가 다가갔어요.

"한수정씨 가족분?"

수민이와 윤지가 고개를 끄덕였어요. 간호사는 연민 어린 눈으로 동생들을 안내했어요.

"이쪽으로 오세요."

등을 돌려 먼저 걷는 간호사를 보며 이미 수민이의 다리가 휘청거렸지만 윤지는 멍하기만 했어요. 엘리베이터에 올라탄 간호사가 지하 3층 버튼을 누르자 수민이가 비명을 지르며 바닥에 주저앉고 말았어요.

"지하 3층으로 왜 가요? 거기 어딘데요?"

그 말에 윤지의 눈에도 검은 구멍이 생겼어요. 지하 3층 버튼 옆에 영안실이라고 써있지도 않았는데 말예요. 수민이는 발을 마구 구르며 울음을 터뜨렸어요.

"거기가 어딘데요? 네? 지하 3층으로 왜 가요?"

동훈씨도 참…… 주차는 나중에 하고 동생들을 좀 챙겨주지. 엘리베이터 문이 열리고 간호사가 넋이 나가버린 윤지의 어깨에 살짝 손을 대자마자 윤지도 주저앉았어요. 고요한 복도에서부터 밀려오는 죽음의 냄새를 내처 맡았기 때문이었을까요?

동생들은 기어서 엘리베이터를 나왔어요.

"엄마…… 엄마, 어딨어? 엄마!"

나 대신 엄마를 찾는 수민이와 윤지의 목소리가 복도를 광광 울렸어요.

6년

원룸에서의 모든 장면은 CCTV에 고스란히 찍혔고 철규씨는 달아났지만 하루도 안 되어 붙잡혔어요. 그는 경찰서 바닥에 얼굴을 박은 채 짐승처럼 꺼이꺼이 울기만 했어요. 잘못했습니다, 잘못했습니다…… 그는 계속 울었어요.

"무서웠어요. 정말 무서운 눈빛이었어요. 나를…… 노려봤어요. 분노에 찬 눈빛으로. 그때부터 우리 언니를…… 죽일 생각을 하고 있었던 거예요."

윤지는 연정에 왔던 날을 떠올리며 경찰에게 말했는데 중간중간 말을 제대로 잇지 못한 건 아마, 그때 아무 대처도 하지 않았다는 자책 때문이었을 거예요. 덜

덜 떨리는 윤지의 한 손을 들어 손깍지를 끼고 곁에 앉은 건 과장님이었어요. 며칠째 물만 겨우 마신 과장님은 탈진 직전이었지만 기어이 우리 가족 옆자리를 지켜주고 있었어요.

"스토킹이잖아요. 스토킹하다가 결국 죽인 거라고요."

과장님 말에 형사가 억양 없는 목소리로 대꾸했어요.

"그래요, 스토킹. 스토킹이라고 칩시다. 그런데 그동안 신고가 들어온 건 한 번도 없었어요."

윤지와 과장님이 대답하지 못하자 형사가 재차 물었어요.

"좋아했대요. 그 새끼가 그렇게 자백했어요. 그런데 집에 찾아가거나 협박하거나 뭐 그런 적은 없대요. 말해보세요. 그런 적 있어요?"

두 사람은 이번에도 대답하지 못했어요.

"없었겠죠. 그러니 신고를 안 했겠지."

과장님이 다급하게 말했어요.

"저기요, 철규씨가 한대리를 쫓아다닌 건 연정시장 사람들이 다 알아요. 정말 미친놈처럼 지독하게 쫓아다녔다고요."

"네네. 저희도 들었습니다. 알고 있어요. 줄기차게 따라다녔대요. 좋아했대요. 그런데 좋아한 거 말곤 딱히 별일이 없었잖아요."

윤지의 눈에 붉은 눈물이 들어찼어요.

"별일 없다가…… 죽였어요. 우리 언니를요. 그냥 싫다고 했다고…… 죽였어요."

"휴대폰도 저희가 다 조사했지만 미친놈처럼 전화질을 하지도 않았고 문자 같은 것도 별거 없었어요. 그냥 떡볶이 먹으러 와라…… 그 정도? 그러니까 저희가 잘 수사하겠습니다. 도대체 왜 죽였는지 다 알아낼게요."

1심에서 징역 6년이 선고되었을 때 나는 과장님을 쳐다보았어요. 황달이 든 것도 아닌데 순식간에 과장님의 눈알이 노래졌어요. 나를 죽였는데 고작 징역 6년이라는 사실에 내가 놀랐듯 아마 과장님도 놀라서 그랬을 거예요. 흡, 하는 소리가 여기저기서 튀어나왔지만 곧 조용해졌고, 지점장님이 끊어질 듯한 목소리로 "육…… 녀, 언?" 했지만 누군가 지점장님의 어깨를 안고 자리에서 일어나며 속삭였어요.

"아무 말도 마세요. 누가 들어요. 저 새끼 출소해도

서른둘이에요. 조심하셔야 해요."

그 말을 한 사람이 누구인지 모르겠어요. 기억이 안나요. 지점장님을 붙안은 걸 보면 강계장이었을까요. 욕설을 씹어뱉을 것 같았던 지점장님의 입술이 닫혔어요. 모두가 지점장님처럼 입을 굳게 다물고 재판정을 빠져나갔어요. 과장님은 노래진 눈으로 오래오래 앉아있었고 엄마와 아버지, 그리고 수민이와 윤지는…… 말하기 싫어요.

애초 철규씨에게는 살인죄가 적용되지 않았어요. 상해치사였어요. 살인과 상해치사가 어떻게 다른 건지나도 이번에야 알았는데 순간적으로 격분해 우발적인범행을 저지르면 살인이 아니라 상해치사래요. 그런 말…… 나는 처음 들었어요.

과장님은 형사를 붙들고 몇 번이나 악을 썼어요.

"가방에 망치가 들어있었다고요. 망치가요! 죽이려고 작정하고 한대리를 따라간 거예요. 아니, 그걸 진짜 몰라서 그러는 거예요?"

하지만 루이뷔통 가방 안에는 못도, 드라이버도, 본드도 들어있었어요. 집에 선반이 망가져 수리를 해야했기 때문에 챙겨가던 길이었대요. 내 정수리를 내리치려고 망치를 챙긴 게 아니라 선반을 고치기 위해서였다고.

"박과장님. 저희도 수사를 했어요. 가만히 앉아서 그 새끼 말만 듣는 거 아니라고요. 그 집엘 가보니 정말 선반이 망가져 있었어요. 뭐, 거의 내려앉았더라니까. 그러니 우린들 어째요?"

"지금 사람이 죽었다고요! 사람이!"

"과장님⋯⋯."

수민이가 가만히 과장님을 불렀어요. 그 앤 이파리가 다 떨어진 나뭇가지처럼 흔들흔들 형사들 틈에 서 있었어요. 그제야 수민이가 있다는 사실을 깨달은 사람처럼 과장님이 악쓰는 걸 멈추었고 뒤를 돌아보았어요.

"제가요⋯⋯ 언니 짐을 챙겨야 하는데요. 윤지가 동사무소 일 때문에 못 와서 그러는데요. 같이 가줄 수 있으세요? 제가⋯⋯"

말가니 수민이를 쳐다보던 과장님이 아무 일도 없었다는 듯 손으로 얼굴을 툭툭 털더니 끄덕였어요.

"응, 그래. 수민아, 가자. 짐 챙기자."

"힘드실 텐데 죄송해요. 짐이 많을 것 같아서⋯⋯"

"가자. 그런데 우리 밥 먹자. 따뜻한 거 뭐 먹고 가자."

"아녜요, 배는 안 고프고……"

"아니. 밥 먹자."

순댓국밥집에 앉았을 때 사장님은 두 사람의 뚝배기에 머릿고기를 잔뜩 올려주었어요. 깍두기도 두 배는 더 퍼주었고요.

"상해치사면…… 무기징역 같은 건 안 나오겠죠? 우리나라는 이제 사형도 없어지다시피 한 나라니까 그럴 리도 없고."

수민이의 말에 과장님이 찬물을 한 잔 다 비웠어요. 우리 과장님, 찬물 잘 못 마시는데.

"CCTV에 다 찍혔어. 형사도 보고 검사도 봤어. 판사도 볼 거야. 그 새낀 평생 감옥에서 썩을 거야. 천벌을 받아 뒈져버릴 거야. 걱정 마. 은행 사람들, 시장 사람들 다 알아. 그 새끼가 왜 그랬는지. 잘될 거야. 걱정하지 마, 수민아."

수민이는 그날, 그래서 안도하며 순댓국밥을 떠먹었는데. 잘 삼켜지지도 않는 국물을 겨우겨우 입안으로 밀어 넣었는데. 징역 6년이 선고되는 것을 두 눈으로 지켜보며 내 동생은 대체 무슨 생각을 했을까요?

그런데요, 참 이상해요. 사랑은 두 사람이 같이하는 거 아녜요? 혼자 하는 거…… 그런 것도 사랑이라 쳐주나요? 내가 철규씨를 사랑한 적 없는데 내가 죽은 일을 두고 사람들은 왜 자꾸 사랑 타령을 하는 걸까요?

1심이 시작되기 전부터 기자들은 연정시장을 들쑤시고 다녔어요. 옛날식 통닭집 아줌마가 "아주 철규가 지치지도 않고 한대리를 쫓아다녔지." 이야기하면 순댓국밥집 아줌마가 "한대리가 얼마나 이뻐? 그렇게 싹싹한 아가씨가 어디 흔한가?" 말했어요. "나 같아도 며느리 삼고 싶더만." 철물점 아저씨가 말하면 "철규 혼이 다 빠졌던 게야. 그렇게 샐샐 웃어대는데 정신 못 차리고 뎀빌 만하지." 하고 이불집 사장님이 말을 받았어요. 기자들이 고스란히 기사에 써서 인터넷에 퍼뜨리고 나면 그제야 형사가 찾아와 "진짜 둘이 그렇고 그런 사이였어요?" 묻는 식이었어요.

"젊은 아가씨가 뭐하러 연고도 없는 연정에 와서 이런 변을 당하나, 쯧쯧."

과일가게 아줌마의 별 뜻 없는 말에 바지런한 기자 몇이 달라붙었어요.

"아가씨가 연정 사람이 아니었나 봐요?"

"부산인가 대구인가 그렇지. 엄마가 재혼을 했나 봐. 그러니까 이꼴저꼴 보기 싫어서 연고도 없는 이런 데까지 온 거 아니겠어? 아유, 뭘 얼마나 잘살겠다고 자식 두고 팔자 고칠 생각을 다 하나 몰라."

아시잖아요, 나 불쌍하게 크지 않았다는 거. 지금까지 내가 말했잖아요. 하지만 기자들은 한동안 부산집 앞에서 진을 쳤어요. 방송국 카메라까지 왔으니 말 다했죠.

엄마는 대문을 꽁꽁 닫아걸고 아무도 만나지 않았어요. 재가한 엄마에게 폐 끼치지 않으려 부산을 피해 연정으로 간 딸의 비극적 죽음이 매일매일 신문에 실리는데, 우리 엄마의 숨이 어느 순간 툭 끊어지지 않은 게 놀랍지 않으세요? 저 곱게 자랐어요. 새아버지 등쌀에 모질게 고생하며 큰 적 없다고요. 엄마의 오른 손목에는 붉고 푸른 멍이 들었어요. 그게요, 가슴을 너무 쳐서 그런 거예요. 기자들이 초인종을 눌러대는 동안 엄마는 부엌 바닥에 쪼그리고 앉아 매일 가슴을 쳤어요.

어느 떡볶이 청년의 순정

 1심이 끝나고 바로 그다음 날, 과장님은 은행에서 울음을 터뜨렸어요. 한 신문 기사의 제목 때문이었어요. 손님들이 있어서 과장님은 책상 밑으로 기어들어 가 손바닥으로 입을 막고 끅끅 울면서 기사를 읽었어요. 제목은 '어느 떡볶이 청년의 순정이 불러온 참극'이었어요. 나는 과장님 곁에 가만히 앉아 그 손안에서 바들바들 떨리고 있는 휴대전화를 함께 들여다보았어요.

 어쩌면 그 기사가 틀리지 않은 건지도 몰라요. 나도 이제 와 뭐가 맞고 뭐가 틀린 건지 헷갈리거든요. 어릴 적부터 말썽 한 번 피워본 적 없는 공고 출신 철규씨는 병든 어머니에게서 보잘것없는 분식집을 물려받아 3년

만에 연정시장 최고의 떡볶이집으로 키워낼 만큼 성실하고 능력 있는 청년이었고 어느 날 은행원에게 반해버렸어요. 매일 오후 3시 반이면 은행에 입금하러 가 그녀를 만났고 사랑을 고백했어요.

"아, 여자 쪽에서도 싫다 하진 않았지. 싫었으면 맨날 떡볶이 먹으러 왔겠어? 줄도 안 섰어. 여기가 얼마나 손님이 많은데. 그 박작박작한 속에서도 줄 안 서고 그냥 들어와서 아무 데나 앉았지. 돈도 안 냈어. 김사장이 공짜로 내줬지."

그 인터뷰는 아마도 날개떡볶이 연변 아줌마였겠죠.

"바닷가에서도 데이트 종종 하던데요? 언제지? 여튼 밤에 본 적 있어요. 백사장에서."

그날 밤 우리를 본 사람이 누구인지는 모르겠어요. 또 누군가는 이런 말도 했더라고요.

"그냥 김사장이랑 살지, 뭘 그리 쟀나 몰라. 엄마도 재가해서 몸 기댈 데도 없다며? 돈 많지, 성실하지, 심성 곱지. 김사장이랑 연정에서 자리 잡고 살면 좋았겠고만, 거참."

"남자들이 원래 다 그렇잖아. 마음 줄 거 다 줬는데 그리 안 받아주니 회까닥 돈 거야. 딱해라, 딱해. 젊은

놈이. 그 늙은 엄마는 어쩌누? 이제 누가 돌봐?"

경찰들은 모든 CCTV를 살폈어요. 은행에서 나는 철규씨에게 내내 방긋방긋 웃었고 심지어 원룸 건물 앞, 망치가 든 루이뷔통 가방을 감싸 안고 나에게 바짝 붙어섰던 그날 밤에도 CCTV 속 나는 웃던걸요. 나는 온 힘을 다해 그가 원룸 건물로 들어오지 못하도록 막았어야 했는데. 웃다니.

그 아래 이어진 인터뷰는 분명 민둥언덕 카페 <잊혀진 계절> 사장이에요.

"솔직히 말해 한대리가 철규를 살살 약 올린 건 맞죠. 철규 순진하거든요. 그날도 그랬다니까요. 뭐, 딴 남자를 만날 거라나? 나 참, 그러면 철규랑 딱 끝내던가. 빤하지 않아요? 철규가 돈도 많고 만만하고 괜찮긴 한데, 고졸이거든. 지는 그래도 대학 나왔거든. 순순히 만나주기엔 지도 자존심이 있다 그거지. 개뿔, 그런 여자애들 있잖아요. 재수 없어. 그리고 걔요…… 좀 웃긴 애예요. 나한테도 슬슬…… 아아, 죽은 애한테 이런 말까지 하는 건 좀 그렇지만…… 진짜 얼척없는 일이긴 한데, 나한테 윙크를 하더라니깐? 찡긋, 하면서? 하마터면 나도 개한테 물릴 뻔한 거지. 왜, 내가 돈이 좀 있어 보였나 보지? 우리 카페가 좀 크니까? 이거 다 빚더민데. 손님도 없고. 웃긴 년."

내가 죽은 후 철규씨가 당황해서 쩔쩔매는 모습은 CCTV에 고스란히 남았어요. 달아났던 철규씨는 하루가 지난 후 파출소 앞 골목에서 붙잡혔어요. 그는 자수하러 가던 길이었다고 진술했어요. 하지만 그의 아반떼가 파출소 앞 골목에 세워져 있었다는 사실까지는 기자나 경찰이나 모두 몰랐나 봐요. 그냥 그 사람은 도망가기 위해 차를 가지러 갔던 건데.

부지점장님이 다가와 책상 밑에서 과장님을 끌어냈어요.

"살자, 살자…… 너도 살고 우리도 좀 살자, 박 과장아……."

끌려나가면서 과장님이 끅끅거렸어요.

"순정이라잖아요. 순정이래요. 얻다 대고 떡볶이 청년의 순정이래…… 다들 미친 거 아냐?"

4장

나는 다 듣고 있는데

철규씨는 1심이 끝나고 곧바로 항소했어요. 상해치사로 징역 6년은 가혹하다는 이유였어요.

"우리 과장님이 너무 말랐네. 국수 많이 담았어. 김치 더 먹고 싶으면 말하고."

점심시간에 과장님과 내가 가장 자주 갔던 식당이라면 단연 <지연이네 국수집>일 거예요. 부지점장님은 미원 안 넣고 식당 하는 집이 어딨냐고 맨날 말했지만 진짜 이 집은 조미료 맛이 하나도 안 나요. 그러면서도 달큼한 국물 맛이 끝내주거든요. 다른 메뉴 없이 딱 멸치국수 하나만 파는데 아삭한 겉절이 하나만 놓고 먹어도 아주 거뜬한 한 끼가 되었어요. 과장님이 진짜 마르

긴 했어요. 사람들은 시간이 지나면서 내 사건을 점점 잊어갔지만 과장님이야 어디 그런가요? 볼이 푹 패었고 눈가에 점점이 기미가 내려앉았어요.

"고맙습니다."

과장님이 대답하자 옆 테이블에 앉아 멸치 내장을 떼고 있던 사장님 남편이 혀를 쯔쯔 차며 한마디 했어요.

"드런 놈의 새끼. 그런 새끼는 무기징역을 받아야 해. 다신 바깥에 나와 못된 짓 못 하게."

"지연이 아부지!"

사장님이 주방 쪽에서 빽 소리를 질렀지만 아저씨는 아랑곳하지 않았어요.

"그 새끼 눈빛 몰라? 아주 질이 나빠. 어디서 뭘 하다 우리 시장으로 기어들어 왔는진 모르겠지만 나는 처음부터 느낌이 나빴다고. 지나가다 즈이 입간판이라도 한번 건드려 봐. 죽일 듯이 사람을 쳐다보는데…… 내가 그 새끼 언젠간 사고 한번 칠 줄 알았다고."

"이 양반이 돌았나? 입조심 좀!"

국숫발을 뜨던 과장님이 아저씨를 쳐다봤어요.

"아저씨……"

그날 과장님은 퇴근이 늦었어요. 항소심에 제출할 탄

원서를 쓰느라고요. 은행에 혼자 남아 여러 번 썼다 지 웠다를 반복했어요. 이렇게 쓰는 것이 맞는 건지, 과장 님도 탄원서 같은 건 처음 써보는 거라 몇 번이나 다시 써야 했어요. 겨우 마무리를 한 뒤 출력을 하고 뒷장에 는 시장 사람들의 서명을 받을 칸을 만들었어요. 그러 고는 다음 날 아침 7시부터 과장님은 시장을 돌기 시작 했어요.

제일 먼저 서명을 해준 건 국숫집 아저씨였고 사장 님은 육수 끓는 걸 지켜봐야 한다며 주방 안쪽으로 들 어가 나오지 않았어요. 정육점 사장님은 고기를 들이다 말고 서명을 해주었고 가자미와 고등어를 늘어놓고 파 는 아줌마가 서명을 할 땐 주변 좌판 아줌마들이 다가 와 과장님의 등을 천천히 쓸어주었어요. 과일집 아줌마 는 사과 봉지를 과장님께 들려주려 했지만 가방에다 탄 원서 뭉치까지 있어서 과장님은 받을 수가 없었어요.

"퇴근 때 와. 꼭 와. 사과 가지고 가야 해."

과장님은 몇 번이나 고개 숙여 인사를 했고요. 늦어 도 8시 40분에는 은행엘 들어가야 해서 서명을 많이 받 지는 못했어요. 모두 과장님께 한 마디씩 건넸거든요.

"나는 너무너무 놀랐다, 박과장아. 6년이라니. 사람을 죽여놓고 6년이라니."

"그러게나 말이야. 나는 그놈 사형 받을 줄 알았지."

"그런 개새끼는 무기징역을 때렸어야지. 판사들이 죄다 돌지 않고서야!"

그때 쾅, 소리가 나면서 물기가 튀는 바람에 사람들이 돌아보았어요. 잔반통을 옮기던 순댓국밥집 사장님이 서 있었어요. 사장님은 미간을 잔뜩 찌푸린 채 서명을 하겠다고 모인 사람들을 쏘아보았어요.

"그래도…… 그러는 거 아니야, 사람들이."

다들 잔반 국물이 튄 바짓자락을 닦으며 의아한 표정을 지었어요.

"뭐가?"

정육점 사장님이 물었을 때 순댓국밥집 사장님은 과장님을 한 번 쳐다본 뒤 대답했어요.

"우리가 철규 엄마를 1, 2년 보고 살았나, 어디? 20년이 다 돼 가. 그런데 철규 엄마 아파 누웠다고, 그렇게 싹 무시하면 그게 어디 사람이야? 철규 엄마가 이 꼴 보면 뭐라 하겠어? 세상 서럽다 안 하겠어?"

내가 죽은 뒤 수민이 순댓국에 머릿고기도 듬뿍 얹어주던 사장님이었어요. 사람들은 순간 어디선가 철규씨 어머니가 쳐다보고 있기라도 한 듯 움찔했어요.

"그래도 저 집은 딸이 죽었어……"

고등어 아줌마가 말을 끝내기도 전에 날개떡볶이 연변 아줌마가 불쑥 끼어들었어요. 연변 아줌마는 날개떡볶이가 문을 닫은 후 그 옆옆집 꼬리곰탕 식당에서 설거지를 해요.

"열 번 찍어 안 넘어가는 나무 없다는데, 여자애가 그렇게 고개 빠짝 들고 버티니 철규 사장이라고 별수 있었겠어?"

연변 아줌마의 말에 숨을 가다듬고 있던 과장님이 낮은 목소리로 말했어요.

"그럼 나무나 찍지 왜 사람을 찍어? 그것도 망치로?"

연변 아줌마가 양손을 허리춤에 올리고 눈을 부라렸어요.

"박과장님, 지금 나한테 반말했어?"

"사람하고 나무도 구별 못 해? 한대리가 사람이지 나무야? 그런 새끼도 사람이라고 지금 편을 들어?"

"이년이 돌았나? 내가 언제 편을 들었다고 이래? 은행 아가씨가 튕겨도 너무 튕기더라 했지 내가 언제 철규 사장이 잘했다고 했어?"

"튕기면 죽여도 돼? 망치로 때려죽여도 돼?"

과장님은 숫제 악을 쓰기 시작했어요. 자기가 무얼하는지도 모르는 사람 같았어요. 연변 아줌마에게 얼굴을 바짝 들이대며 무섭게 목소리를 높이자 결국 분을 못 이긴 아줌마가 과장님의 머리채를 부여잡았어요. 사람들이 달겨들어 말렸지만 순식간에 시장 골목이 난리통이 되어버렸죠.

"아이고오! 지금 외지 사람 하나 죽은 걸로 동네 다개판 되네, 개판! 이게 도대체 무슨 꼴이야!"

그렇게 소리 지른 건 누구인지 모르겠어요. 연변 아줌마가 급기야 과장님 볼에 손톱 자국을 내는 바람에 나도 정신이 없었거든요. 출근하던 강계장이 그 꼴을 보고 달려와 겨우 두 사람을 뜯어말렸어요. 바닥에 흩어진 탄원서를 과일집 아줌마가 주워줬고 그걸 받아든 강계장이 과장님을 데려가며 낮게 중얼거렸어요.

"지점장님 아시면…… 뭐라 하실 텐데. 서명은 그냥 은행 사람들한테나 받으시지……"

과장님이 노려보아서 강계장은 곧 입을 다물었어요.

과장님네 친정어머님은 매일 은행에 찾아왔어요. 그

리고 과장님 책상 앞으로 가 나지막하게 말했어요.

"니가 재판정 가서 증언이니 뭐니 하면 나는 내 모가지 내가 따버릴 거야. 콱 죽어버릴 거야. 그 새끼가 너랑 니 식구들 다 알아. 6년 살고 나와서 너 죽이고 니 새끼 건드리면 어떡해. 나는 그 꼴 못 봐. 무서워서 못 살아. 그전에 죽어버릴 거야."

"엄마, 그만해."

"그만 못 해. 나도 수정이 예뻐했어. 수정이도 그거 알 거야. 그래도 이건 아니야. 내 새끼 문제라 나도 안 돼."

"제발 그만요…… 엄마, 집에 가세요."

과장님은 어머님을 쳐다보지도 않고 다음 손님을 불렀어요.

이해해요. 우리 엄마도 합의를 본걸요.

딸을 망치로 때려죽인 사람과 합의를 보는 것, 세상 모두에게 손가락질받겠지만 엄마는 그렇게 했어요. 외삼촌은 미친 사람처럼 방방 뛰며 엄마를 말렸어요.

"누나아! 누나가 지금 무슨 짓을 하고 있는지 알기나 해? 이러면 수정이가 눈을 감겠어? 합의라니!"

철규씨의 변호사 사무실 사무장과 삼촌이라는 사람이 과일바구니를 들고 찾아온 날이었어요. 1심 때는 엄마도 합의할 생각 따위 하지 않았어요. 찢어 죽여도 시원찮을 철규씨인데 합의라뇨.

소파 아래 앉아있던 철규씨의 삼촌이 아이고고, 앓는 소리를 하며 일어났어요. 그러고는 소파에 앉더라고요.

"아, 이거 죄송합니다. 바닥에 오래 앉아있었더니 다리가 아파가지고. 잠깐만 여기 앉겠습니다."

사무장이 말을 꺼냈어요.

"어머님, 그리고 아버님. 김철규씨가 깊이 반성하고 있다는 건 제가 입이 닳도록 말씀을 드렸죠. 그 노모분도 지금 요양병원에 계신데 아, 원래는 집에 계셨죠. 아들이 그리 되고 나서 돌봐줄 사람이 없으니 요양병원에 갈 밖에요. 이젠 뭐 아들 얼굴이야 못 보고 돌아가시겠지요. 노인네 불쌍한 인생을 봐서라도 합의 부탁드리겠습니다. 저희가 지난번 말씀드렸던 것보다 두 배 금액 드리기로 변호사님과 말씀 끝냈습니다. 잘 부탁드리겠습니다. 저기 외삼촌분도 노여움 좀 거두시고…… 젊은 사람 인생 한번 살려주십시오, 네?"

아버지는 그들이 찾아오기 전, 엄마에게 여러 번 말했어요.

"미란아. 나는 이 결정이 오히려 우리에게 독이 될까 두렵다. 수정이가 떠난 것도 우리가 이렇게 감당하지 못하고 있는데 합의까지 해주면 그 죄책감이 쉽게 사라지겠니? 수정이야 이해할 거야. 물론 우리 수정이는 그러겠지. 하지만 우리 마음이…… 그걸 버텨낼 수 있겠니? 차라리 우리가……"

"두려워. 독이 될까 두려워. 그런데 난 그보다 수민이랑 윤지가 다칠까 봐 더 두려워. 두렵지 않으려고 합의하는 게 아니라 더 두려워질까 봐 합의하는 거야."

1심 결과에 우리 가족은 소스라쳤어요. 아무도 우리에게 그런 선고가 나올 수 있다는 걸 알려주지 않았거든요. 철규씨에게 6년은 긴 세월일지 모르나 우리 가족은 6년을 뺀 나머지 생애를 보복에 대한 공포로 살아야 한단 거잖아요. 한순간 회까닥 돌아 내 머리를 망치로 내려친 사람이 또 회까닥 돌아 부산집으로 뛰어오지 않는다고 어떻게 장담할 수 있겠어요?

합의를 하기로 마음을 먹었어도 막상 합의서를 앞에 두고 아버지와 엄마는 굳은 얼굴을 풀지 못하고 망설였어요. 그때 소파에 앉은 철규씨의 삼촌이 나지막하게 비아냥거렸어요.

"아이고, 6년 짧습니다아. 철규야 아직 젊어가지고, 빵에서 인생 공부 좀 하다 나오면 새 인생 사는 것인데, 그렇게 야박하게 굴 일이 아니라고 보는데요오. 그리고 2심에서 1심보다 더 나오는 경우도 없습니다아."

"저 씨발새끼가 지금 뭐래는 거야!"

창밖을 바라보고 섰던 외삼촌이 몸을 홱 돌렸어요. 사무장이 몸을 반쯤 일으키며 말리는 척했어요.

"이러지들 마시고요. 부디 너그러운 마음으로 용서해 주십시오, 네? 젊은이 하나 인생이 걸린 문제입니다."

"야! 그럼 우리 수정이는? 수정이 인생은?"

철규씨 삼촌이 자리에서 일어났어요. 그는 몸 달 것도 없다는 듯 사무장의 어깨를 툭툭 건드렸어요.

"사무장님, 가십시다. 어차피 2심 간 거예요. 내가 어딜 가서 물어봐도 형은 줄어든답디다. 여차하면 집행유예도 가능하대요. 에이, 그리고 까짓 몇 년 살면 어때? 아직 젊은데? 합의 안 해도 철규 안 죽어요. 갑시다. 이거 뭐, 도대체 부산까지 몇 번을 왔다갔다하는 거야? 똥개 훈련해? 어?"

아버지의 눈알이 거의 튀어나올 것 같았어요. 이마에서슬 퍼런 핏줄이 부어오르는데 엄마가 입을 열었어요.

"합의서 주세요. 도장 찍을게요."

사무장이 날름 봉투를 열었고 엄마 앞으로 합의서를 밀었어요. 철규씨 삼촌은 소파에 도로 앉았고요.

"어머님, 다음 장은 탄원서입니다. 김철규씨 선처해 달라는 여기도 도장을……"

아버지가 사무장의 손을 막았어요. 붉은 손이었어요. 다행히도 사무장은 탄원서를 도로 집어넣었어요. 그들이 돌아가고 난 뒤 얼마 안 가 외삼촌도 말없이 현관을 나섰고 부산집엔 납덩이 같은 고요가 내려앉았어요.

은행 앞 육교 밑에서 열무를 파는 할머니는 아무도 못 듣는데 종종 중얼거려요.

"죽은 애가 불쌍해도 산 사람은 또 살아야지. 그 새끼도 젊디젊은데."

내가 듣는 걸 몰라서 그러는 거예요.

그러니 그것도 나는 이해해요.

속닥속닥

속닥속닥. 속닥속닥.

아무리 낮게 속살거려도 소문이 번지는 속도는 엄청나게 빨라요.

한주은행 서초남지점 장규영 지점장의 직원 성추행 소식은 순식간에 전 지점으로 퍼져나갔어요. 이를 앙다문 부지점장님의 얼굴을 보고서야 장규영 지점장이 황언니의 남편이라는 사실을 기억해낼 수 있었어요. 스물일곱 살 여자 직원에게 추태를 부리다 사내 고발을 당한 거였어요. 조사를 해보니 여자 직원 집에도 여러 번 찾아가 진을 쳤던 모양이에요. 당장 대기발령이 났죠. 억울하다, 감기에 걸렸다기에 약을 전해주러 간 것이었다, 구구절절 변명을 했지만 징계를 피하긴 어려운 상황 같았어요. 사내 블라인드 게시판에 글 하나가 올라오기 전까지는요.

짤막하게 쓴 그 글의 요지는 이랬어요. 그 여자 직원, 이전 현수동지점에서도 비슷한 일이 있었다, 지점장을 성추행으로 고발하겠다고 협박하다가 거액의 합의금을 받고 서초남지점으로 옮겨온 것이다, 현수동 지점장도 지금 책상 빠졌다, 그런데 서초남지점에 온 지 두 달도 되지 않아 다시 이 사달이 벌어진 거다…… 사내 메신저가 깨금발 뛰는 아이처럼 쉴 없이 통통 튀어올랐어요. 들었어? 현수동지점장 성추행 아니었대, 불륜이었대. 와이프한테 걸리니까 성추행으로 고발한다고 난리 쳐서 합의금 받고 끝냈다던데? 합의금 1억이라는 거 정말이야? 3천이라던데? 사진 봤어? 크게 이쁜 얼굴은 아니던데 지점장을 둘이나 해드셨네. 대단하다…… 난 년이네, 난 년.

부지점장님은 몇 번이나 휴대폰을 들었다 놨다 했어요. 황언니에게 전화를 걸어야하는 건지 아무것도 하지 말아야 하는 건지 고민하는 중이었을 거예요.

일이 어떻게 흘러가든 장규영 지점장은 곧 사표를 써

야 할 것이었어요. 요즘 그런 거 대충 넘기는 은행이 어딨어요? 그랬다간 큰일나게요? 문제는 그 여자 직원의 거취가 되겠죠. 은행 안에서 누가 말이나 제대로 붙이겠어요? 지점장을 두 명이나 해드신 사람을 무서워서 눈이나 마주치겠냐고요, 안 그래요? 불륜이 아니라 성추행이었다는 여자 직원의 반박글이 올라오고, 또 그 글을 반박하는 글이 올라오고…… 블라인드 게시판은 그야말로 난장판이었어요.

며칠이 지나서야 부지점장님은 황언니에게 전화를 걸었고 얼굴이 바짝 시든 황언니가 일식주점 문을 열고 들어왔어요. 기다리고 있던 부지점장님과 과장님이 일어나 황언니를 맞았어요. 황언니 머리 위쪽으로 가짜 벚나무 벚꽃들이 한들한들 흔들렸어요. 아기 주먹 같은 꽃송이들에서 오래 묵은 먼지들이 천천히 날렸어요.

"그래, 그 글 내가 썼어."

부지점장님은 알고 있었나 봐요. 표정이 변하지 않은 걸 보면 말이에요. 과장님이 한 손을 들어 입을 막으려다가 도로 테이블 아래로 내렸고요.

"그년이 자꾸 불륜 아니라고 반박글을 올리잖아. 내

가 다 아는데…… 걔들 불륜 맞아. 와이프가 상간녀 소송한다 그러니까 쪽팔려서 성추행이라 우기고 든 거야. 내가 알아볼 만큼 알아봤어. 성추행 아니야."

부지점장님은 황언니가 홀랑홀랑 비우는 잔에 계속 사케를 채워주었어요.

"감기에 걸렸다고 징징거리더래. 이 등신이 그래서 약을 사가지고 간 거야. 약 사서 막상 가니까 안 나오고. 갖고 논 거야, 이 등신을. 너는 결혼 안 해서 남자들이 얼마나 맹추인지 모르지? 샐샐 웃으면서 후달리게 하면 열이면 열 다 넘어가. 내가 너무 빡쳐서 전화를 했어. 그년한테. 전화해서 얼마면 되냐 그랬더니 얼마 주실 건데요? 얼마까지 보고 오셨는데요? 이 지랄을 해. 그 미친년이."

나는 황언니의 얼굴을 가만히 바라보았어요. 푸르디푸른 입술이 바르르 떨리고 있었고 귓불은 하얗게 얼어있었어요. 그러니까 황언니는 자신이 지금 무슨 말을 하고 있는지도 모르는 것 같았어요. 과장님의 눈에 눈물이 천천히 들어차고 있었고 젓가락으로 성게알을 조금씩 찍어먹던 부지점장님이 문득 입을 열었어요.

"성게알…… 이거 상했나 봐. 너무 비려."

마침 지나가던 종업원이 그 말을 듣고 다가오려 하자 과장님이 눈짓으로 그냥 가라 신호를 보냈어요.

"안 비려. 괜찮은데?"

황언니는 숟가락으로 성게알을 푹 떠 입에 넣었어요.

"이거 알면 우리 진성이 죽어. 알지? 걔가 얼마나 예민한 앤지. 즈이 아빠 이런 일에 휘말린 거 알면…… 걔 죽어. 아니, 진성이만 문제가 아냐. 우리 그이도 죽어. 지금 밥도 못 먹어. 이거 해결 안 되면 우리 가족 다 죽는 거야."

과장님이 결국 두 손으로 얼굴을 덮었어요.

"저는 모르겠어요. 이젠 정말 아무것도 모르겠어요."

"뭘 몰라!"

황언니가 바락 성마른 소리를 질렀어요. 주변 사람들이 쳐다보자 목소리를 그제야 낮추더니 "미친년 하나가 두 가족을 망친 거야. 그게 다야." 그렇게 말했어요.

과장님이 흐느끼는 것도, 부지점장님이 성게알이 상한 것 같다면서도 자꾸 젓가락 끝으로 찍어먹는 것도 내 눈엔 자꾸 아른아른, 딴세상의 일처럼 보였어요. 뭔가 졸린 것처럼, 그래서 빨리 이곳을 벗어나 컴컴하고 어두운 방으로 숨어들어야 할 것처럼 추워지기 시작했어요. 나는 자리에서 일어날 참이었어요.

"언니…… 수정이가 듣겠다."

부지점장님이 뱉은 비수 같은 말. 아프지는 않은데 너무 깊이 혹, 찔리는 듯한 느낌에 나도 모르게 가슴 한복판에 손을 댔어요.

"수정이 죽었을 때 참 이상했거든. 왜 수정이를 모르는 사람들이 이렇게들 수정이에 관해 떠들까? 왜 아무도 수정이 편을 들어주지 않을까? 나는 그게 참 이상했거든."

"그래서?"

"그냥…… 수정이가 이 얘길 들으면 참 마음이 아프겠다 싶어서. 그런 생각이 들어서."

나는 그곳을 떠났어요. 그리고 오래 걸었죠. 부지점장님이 걱정한 것처럼 마음이 많이 아프거나 하지는 않았어요. 오래 걷고 오래 서 있어도 다리가 아프지 않은 것처럼 내 마음도 아파하는 걸 잊어가고 있는지도 모를 일이죠.

우리의 그늘

원래 이쯤 되면 검사 구남친 하나쯤 나타나 판세를 뒤집어줘야 하는 것 아닌가요? 나는 왜 연애도 그럴듯하게 해보지 못해서 검사 구남친은커녕 조폭 구남친 하나도 없는 걸까요? 둘 중 하나라도 있었다면 이야기가 조금 달라졌을까요? 알아요, 그냥 해본 소리예요. 아무것도 할 수 없다는 게 실은 좀 믿기지 않거든요.

윤지는 종종 퇴근길에 동훈씨와 맥주를 한 잔씩 해요. 윤지는 비교적 잘 지내고 있어요. 동훈씨가 참 착해요. 매일매일 윤지를 집에 데려다주던걸요. 겁도 없이 싸돌아다니던 윤지는 어느새 밤길을 무서워하는 아이가 되었고 휴대폰 진동음에도 화들짝 놀라는 습관이 생겼어요. 동훈씨는 하루걸러 한 번씩 윤지를 졸라요.

"그냥 동거만. 결혼 같은 거 말고. 나랑 매일매일 같이 출근하고 또 퇴근하고 그렇게 살자, 응?"

"엄마 때문에 안 된다니까. 같이 있어줘야 한다고 몇 번을 말해."

"그럼 내가 니네 집에 들어가 살면 안 돼? 아들 하나 생긴 걸로 치면 되잖아."

"미쳤구나?"

미쳤단 소리를 동훈씨는 윤지에게만 들은 게 아니었어요. 얼마 전 동훈씨 어머니는 동사무소엘 찾아왔어요.

"그런 일 겪고 바로 결혼하는 거 아니야."

동훈씨 어머니는 나긋나긋한 목소리를 가진 사람이었어요. 아주 천천히 아들을 위로하는 듯한 얼굴로 그렇게 말했어요.

"당장은 안 해. 윤지가 지금 겨를이 있겠어, 어디?"

"그래. 천천히 생각해야지."

"그래도 난, 지금처럼 윤지 힘들 때 같이 살고 싶은데. 식은 나중에 올리더라도 동거라도 먼저 했음 싶고."

"동거? 미쳤나 봐, 애가."

"내가 밥도 챙겨주고 매일 이야기도 나눠주고…… 그

렇게 했으면 좋겠는데 말도 못 꺼내게 해. 무슨 귀신 씻나락 까먹는 소리냐면서."

"귀신 씻나락 까먹는 소리 맞아. 그러니 가만히 입 다물고 있어."

고개를 숙인 채 빨대로 아이스아메리카노를 빨던 동훈씨가 눈만 빼꼼히 들어 안경 너머 어머니를 쳐다보았어요.

"엄마, 지금 무슨 생각하는 거야?"

"뭐가?"

"엄마 조금 이상한 생각하고 있는 거 같다?"

동훈씨 어머니는 못 들은 척 입을 다물었어요.

"혹시…… 이제 와서 뭐 윤지 반대하고…… 그럴 심산이야?"

잠깐 침묵하던 동훈씨 어머니가 결국 입을 열었어요.

"동훈아. 너무 슬픈 사람하곤 살기 힘들어. 너도 아직 어려. 사람이 한이 많으면…… "

"엄마 실망이야."

나는 그때 조금 기분이 나아졌어요. 동훈씨가 어머니의 말을 잘랐던 그때 말이에요. 나중에 동훈씨가 어떻게 변하더라도 그렇게 당장 어머니의 말을 잘라줘서 다행이었어요. 하마터면 서운할 뻔했거든요. 다짜고짜 어린 나이에 결혼하지 말라고 윤지를 몰아붙였던 일이 미안해지기도 했고요.

"너무 슬프면 내가 달래주면 되고, 한이 많으면 그거 내가 풀어주면 돼. 그러려고 우리 만난 거야."

동훈씨의 따박따박한 말씨.

"집안에 누가 그렇게 죽는 거, 흔한 일 아냐. 사람이 그런 일 감당하기가 얼마나 힘든 건지 니가 알기나 해?"

동훈씨는 유리컵 바닥에 얼마 남지 않은 커피를 홀랑 들어 마시고는 어머니를 쳐다보았어요.

"몰라. 내가 알 턱이 있나. 윤지도 모를 거야. 그래서 허둥대고 있어. 그러니까 나는 같이 허둥대주고, 같이 나아지고 그러면 돼."

동훈씨 어머니는 가만히 한숨을 내쉬고 들릴 듯 말 듯 중얼거렸어요.

"놀고 있네……정말."

"윤지만 허락하면 동거할 거야. 엄마도 그런 줄 알고 있어."

동훈씨의 단호한 말에 끝내 동훈씨 어머니가 사납게

눈을 흘겼어요.

"미친놈, 그러기만 해 봐. 아주 아작을 내놓을 거야!"

"그렇게 말하지 마, 엄마. 엄마답지 않게."

"엄마답지 않게? 이 자식 말하는 꼬락서니 좀 봐. 나만 그런 게 아냐. 느이 아빠도 나랑 같은 생각이야. 불길해. 불길해서 그래. 너무너무 찜찜해. 생각만 해도 무섭고. 그런 집이랑 얽이는 거 싫어. 그게 솔직한 엄마 마음이야. 아빠도 그렇고."

동훈씨가 벌떡 일어났고 그대로 카페를 나갔어요. 생각에 잠겨 오래 걷느라 점심도 건너뛰었죠. 자리로 돌아온 동훈씨에게 윤지는 무어라 말을 건네려다 말았어요. 눈치챈 것이었는지도 몰라요. 잠시 후 윤지와 눈이 마주친 동훈씨가 살짝 윙크를 건넸는데 그걸 본 계장이 미간을 찌푸려서 윤지는 못 본 척하고 말았고요.

나는 퇴근하는 윤지와 동훈씨를 따라 걸어요. 일고여덟 발자국쯤 뒤에 떨어져서 걸으면 두 사람의 타박타박 발소리에 내 발소리도 살그머니 섞여요. 캐스터네츠 소리 같기도 하고 땅콩 알 부서지는 소리 같기도 해요. 동훈씨는 한 팔을 들어 윤지의 어깨를 감싸기도 하고 커

다란 손바닥으로 윤지의 뒤통수를 헤집다가 욕을 먹기
도 해요. 시시덕대는 둘의 장난질이 귀여워 나는 한참
을 따라가요. 중국집에 들어가 짜장면 두 그릇을 시켜
놓고 둘은 나무젓가락을 쪼개요. 그런 다음 젓가락을
서로에게 내밀어요. 그리고 조금씩 웃어요. 상대의 젓
가락을 쪼개주는 연애. 우리 윤지는 참 좋은 연애를 하
고 있구나, 하는 생각이 들어요. 그늘지지 말았으면, 나
의 막냇동생.

내 엄마 이름은 오미란

"여보, 집에 손님이 왔는데……"

엄마는 아버지에게 전화를 걸었어요.

"누가? 내가 지금 갈까?"

"아니, 그게 아니고. 내가 밖에 나가기 싫어서 그냥 집으로 들어오라고 했어. 흑석동…… 수정이 친아버지. 잠깐 보자는데 내가 아무래도 나갈 수가 있어야지."

"그래, 알겠어. 알아. 내가 없어도 되겠어?"

열 달 넘게 닫았던 약국 문을 아버지는 이제야 열었거든요. 엄마는 괜찮다고, 올 것 없다며 전화를 끊었어요.

흑석동 아빠는 그새 머리가 하얗게 세어있었어요. 그러고 보니 엄마도 마찬가지였어요. 누가 봐서 50대라 할까요? 흑석동 아빠는 몸피도 줄어 재킷이 헐렁헐렁

했어요. 엄마가 턱짓으로 소파를 가리켰어요.

"앉아."

"정말…… 정말 니가 합의해준 거니?"

"응."

"니가? 설마 미란이 니가?"

엄마는 냉장고 문을 열고 물병을 꺼내는 데도 한참 시간이 걸렸어요. 손가락 하나 까딱 못 할 얼굴인데 아빠는 그것도 모르고.

"응, 내가. 나 오미란이가 직접 했어."

"왜 그랬니?"

엄마는 물잔을 손에 쥐고 식탁 의자에 앉았어요. 거실을 서성이던 아빠가 소파에 앉자 한숨도 아니고 울음도 아닌, 기다란 신음 같은 것이 들려왔는데 나는 그것이 엄마에게서 나는 소리인지 아빠에게서 나는 소리인지 구분할 수가 없었어요. 하기는, 누구에게서 난 소린들 그게 뭐가 중요하겠어요? 두 사람의 심사가 다를 리도 없는데 말이에요.

"수정이를 만났었어."

아빠의 말에 엄마가 파드득 고개를 들었어요.

"언제?"

"수정이 죽기 전날."

"전날에 만났다고? 왜?"

"만나자고 해서. 내가 연정으로 갔어."

"나한텐 그런 말 안 했잖아."

"경찰한텐 다 했어."

"왜 만나자고 했어? 수정이가 그때부터 무서워했던 거야? 그 새끼 때문에? 도와달랬어, 당신한테?"

아빠는 고개를 저었어요.

"부탁할 게 있다고 보자 했어. 저녁 먹고 그냥 헤어졌지만."

"부탁이라니? 수정이가 당신한테 무슨 부탁을 해? 자기 좀 살려달라 했던 거야?"

"그런 거 아니라니까."

그때 현관문이 열리고 수민이와 윤지가 들어왔어요. 윤지 손에는 죽집 가방이 들려있었어요. 나만큼 아빠를 자주 만난 적 없는 수민이가 놀란 얼굴을 했죠. 흑석동 아빠를 처음 보는 윤지는 그저 어리둥절했고요. 아빠는 잠깐 수민이를 일별했지만 인사를 나눌 상황은 아니었어요.

"저녁 먹으면서 동생이 결혼한다고……"

놀란 엄마가 의자에서 일어나 아빠에게 빠르게 다가 갔어요.

"동의서…… 혹시 동의서 부탁했어? 수정이가?"

동생들의 눈이 커졌어요. 윤지는 그때야 거실에 선 남자가 흑석동 아빠라는 것을 깨달았나 봐요.

"그래서? 당신이, 써준다고 했어?"

아빠는 말이 막힌 사람처럼 대답하지 못했어요. 동의 서를 안 써주는 건 자기의 권리라고 믿어 의심치 않는 사람인데 엄마가 멱살이라도 잡을 기세로 달려들자 놀 란 모양이었어요.

"수정이가, 지 동생 결혼한다고, 콩가루 집구석이란 이야기 들을까 봐, 당신한테, 그걸 부탁했어? 지 동생 이, 사돈집에서 막 자랐단 소리 들을까 봐? 그런데? 그 걸 안 써주겠다고 한 거야? 당신이?"

"미란아, 그건……"

"개새끼야."

엄마도 동의서 따위 필요 없다고 생각한 축이었어요. 그딴 거 의미도 없는 거니까 신경 쓰지 말고 살자고 한 것도 엄마인걸요. 그냥 엄마는, 화가 났던 거예요. 내 얼 굴을 곱씹고 내 말을 곱씹고 내 옛날 성적표와 상장과 내 사진들을 하나하나 곱씹고, 더 곱씹을 것이 없어서 처음부터 모조리 다시 곱씹던 사람이란 말이에요. 그런데 갑자기 흑석동 아빠에게 내가 했다는, 내가 생애 마지막으로 했던 부탁이 고작 동의서라는 것을 알고 그만 넋을 놓아버린 거예요. 엄마는 욕설을 씹어뱉었어요.

"개새끼. 개새끼야. 너는 개새끼야. 미친 개새끼야."

중얼중얼중얼. 개새끼, 개새끼, 개새끼.

동생들 앞에서 보일 꼴이 아니라고 생각했는지 아빠는 일어섰어요. 현관으로 가는데 엄마가 버럭 소리를 질렀어요.

"그러면! 그렇게 만났으면! 애를 데려가지! 느이 집으로 데려가 며칠 재우지. 은행에서 일하느라 힘든 애를, 집 떠나 사는 애를, 피곤한데 이틀만 데려가 재웠어도 내 새끼 안 죽었잖아! 안 죽었잖아, 내 새끼!"

엄마가 아빠의 재킷 자락을 뒤에서 잡고 늘어졌고, 구두를 신으려던 아빠가 엄마를 밀치고는 급기야 소리를 지르고 말았어요.

"너는…… 너는 돈에 환장했냐?"

엄마가 이를 앙다물고 주먹을 쥐었어요. 뼈밖에 남지 않은 손아귀에 무슨 힘을 그리 주는지 수민이가 엄마를 붙잡고 엄마, 엄마 부르는데도 하나도 들리지 않는 것 같았어요.

"그래, 나 돈에 환장했다. 그년이 세상에, 보험도 엄청 들어놨어. 너도 나눠줄까? 합의금이랑 보험금, 너도 줄까? 걔 은행에서 조의금도 엄청나게 나왔어. 신문 봤지? 자식 팔아먹은 값이 아주 쏠쏠해. 너도 줄까?"

"나는 필요 없다. 너나 잘살아라. 나중에 수정이 만나면…… 그래, 너 참 할 말 많겠다."

엄마는 기어이 수민이를 밀치고 아빠의 뒷덜미를 붙들었어요. 아빠를 돌려세운 뒤 얼굴을 바짝 들이대고 말했어요. 너무 앙다물어 피가 밴 입술로요.

"나는 딸이 둘이나 더 있어. 너는 없지? 너는 아들 있지? 좋겠다. 아들이라 무서운 게 없겠구나. 나는 하나라도 더 잃을까 봐 무서워서 잠도 못 잔다, 이 씨발놈아."

윤지가 양팔로 엄마 허리를 감쌌어요. 그리고 울었어요. 흑석동 아빠는 참 쓸데없는 말을 해가지고. 윤지는 무어라 말도 하지 못한 채 꺼이꺼이 울어버렸어요. 진이 빠진 엄마가 아빠를 놓아주었고 아빠는 총총히 현관 밖으로 사라졌어요. 현관 앞에 그대로 누웠던 엄마가 잠시 후 몸을 일으키더니 중얼중얼중얼, 수민이와 윤지가 엄마 말을 들으려 엄마 입술에 귀를 댔어요.

"뭐라고, 엄마?"

"그때 내가 그랬어야 해. 이혼할 때 애들을 두고 나왔어야 해. 저 사람더러 키우라고 했어야 해. 그랬으면 우리 수정이 안 죽었지. 그래, 그랬어야 하는데. 이 미친년이 딸을 죽였네. 우리 강아지를 이렇게 보냈네. 수민아, 윤지야…… 엄마가 미쳤었네, 그치? 이런…… 씨발, 미친년."

엄마는 초조한 얼굴로 거실을 몇 번 뱅글뱅글 돌다 안방으로 들어갔어요. 어쩔 줄 모르고 선 윤지가 수민이에게 다가갔을 때 수민이가 말했어요.

"우리 엄마…… 치매에 걸렸으면 좋겠다."

"응?"

"치매에 걸려서…… 다 잊었으면 좋겠다. 이렇게 살면 정말…… 엄마 죽겠다, 윤지야."

나는 우리 가족에게 대체 무슨 짓을 한 걸까요? 더 보고 있을 수가 없어서 나는 그 자리를 떠났어요. 먼 데, 솔숲 벤치에 앉아 울고 있는 흑석동 아빠를 보았지만 다가가지는 않았어요.

어떤 가벼운 바람

　말도 안 되는 소리이긴 한데 나는 황언니가 죽은 순간을 알 것 같았어요. 내가 어느 골목인가 걷고 있을 때 서늘하면서도 훈훈한 바람이…… 아, 이렇게 말하니까 정말 말이 안 되는 것 같네요. 서늘한데 훈훈하다니. 그런데 정말 그런 바람이 불어왔어요. 내 볼과 내 머리카락과 내 어깨와 목을 한꺼번에 스치며 지나가는데…… 다시 말해볼게요. 그러니까 차가운 바람을 오래 맞았지만 그 체온은 여태 따뜻한 손바닥 같은 느낌? 맞아요, 그 정도면 적당하겠어요. 그런 손바닥 같은 가벼운 바람이 나를 스쳤거든요. 아니, 또다시 말해볼게요. 스쳤다기보단 어루만졌어요. 솜사탕을 만지는 손처럼, 부스러뜨리지 않고 아주 가볍게 어루만지는 느낌. 나중에야 나는 그때가 황언니가 나를 만나고 간 순간이라는 걸 알았어요.

아파트 옥상에서 몸을 날려버린 황언니는 자신의 죽음이 남편의 결백을, 그 여자 직원의 허무맹랑한 무고를 증명할 수 있다고 생각했던 걸까요? 황언니는 정말 억울함을 더 견디지 못해 죽었던 걸까요? 아니면 가족을 무사히 지키는 방법이 그뿐이라고 생각했던 걸까요? 그저 모든 일이 수치스러워 죽었던 걸까요? 모르겠어요. 내가 그러했듯 죽은 자는 목소리가 없으니까요.

황언니의 자살이 바꾸어놓은 건 한두 가지가 아니었어요. 얼굴을 들 수 없어 미국이든 필리핀이든 달아나고 싶었던 장규영 지점장은 해외주택 구매 써칭을 멈추었고 아버지에 대한 분노로 아파트 옥상에서 확 뛰어내릴까 머리카락을 쥐어뜯던 고등학생 아들 진성이는 온몸이 뻣뻣하게 굳어버렸어요. 죽음이 무엇인지 막상 목도하자 엄청난 공포가 그 아이의 위험한 질주를 짓눌렀던 것이죠. 어쨌거나 황언니는 가족을 그 자리에 눌러앉게 했어요.

그리고 순식간에 가해자와 피해자가 바뀌었어요. 황

언니의 말마따나 여자 직원은 두 가족을 한 방에 날려 먹은 무시무시한 사람이 되었고 장규영 지점장은 젊고 매력적인 여자에게 잠깐 홀려 아내까지 죽게 한 순진하고 멍청한 가장이 되었어요.

"미쳤다…… 정말. 이혼을 하면 되지 왜 죽어?"

"그러니까 그 세연동지점 부지점장이 지금 성추행한 남편한테 10억을 쥐어준 거야?"

연정시장지점도 술렁였어요. 그래요, 장규영 지점장의 통장에는 곧 10억여 원이 찍힐 것이었어요. 한주은행은 근무하던 직원이 사망하면 전 직원이 급여의 1%를 조의금으로 내놓거든요. 그래서 내가 죽었을 때도 '한모양의 재혼한 모친, 조의금으로만 10억 챙겨'라는 제목의 기사가 여러 개 떴어요. 댓글 정말, 말도 마세요. 한수정 법을 만들어 재혼한 엄마가 그 돈을 가로채지 못하게 해야 한다나요? 정말 뭐라는 건지.

사내 블라인드 게시판엔 이번에도 갑론을박이 펼쳐졌어요. 자살인데도 조의금을 주어야 하나, 성추행 가해자가 그 돈을 받을 자격이 있나, 성추행 가해자가 맞긴 한 건가, 와이프가 자살할 정도면 진짜 무고 아닌가, 죽은 부지점장 유서를 공개해야 하는 거 아닌가…… 그 여자 직원은 지금 무슨 생각을 하고 있을까요?

　과장님은 유리문 안쪽 자리에 앉은 부지점장님을 말
가니 쳐다보았어요. 무어라 말을 건넬 수 없어 입을 다
문 과장님은 결국 반차를 내고 은행을 빠져나갔어요.
민둥언덕이 보이는 해변에 차를 세우고 편의점에서 사
온 캔커피를 두 개나 연거푸 마셨죠. 해가 다 질 때까
지 과장님은 차 안에 오래오래 앉아 있었어요. 검은 바
다가 담요처럼 천천히 넘실거리고 있었어요. 그날 별이
떴었던가, 잘 기억나지 않아요.

라면을 먹는 오후

새벽이었어요. 부산집 2층 작은방 침대에 수민이가 일어나 앉았어요. 멍한 표정이었어요. 얼빠진 얼굴이었다고 해야 할 것 같아요. 그 애는 두 손을 모아 쥐고 있었는데 중얼중얼, 소리는 나지는 않지만 무언가를 중얼중얼하고 있었어요. 입술만 빠르게 움직이고 있었죠. 나는 곁에 가만히 앉아 수민이의 말을 알아들으려 했어요. 그리고 곧…… 너무 놀랐어요. 수민이는 기도를 하고 있었던 거예요.

제발 그 새끼를 죽여주세요. 그 새끼 엄마도 죽여주세요. 그 개새끼 아버지도…… 아니, 이미 죽었다지만 다시 죽여주세요. 아주아주 먼 과거로 돌아가 그 새끼가 태어나지 못하도록 그 새끼 아버지와 엄마를 죽여주세요. 김, 철, 규…… 그 이름을 우리가 모르게, 아예 없는 이름이도록 모두를 죽여주세요.

그리고는 침대에 푹, 도로 쓰러졌어요. 얼마 안 가 곤히 잠든 기척이 났고 아침이 되어 눈을 떴을 때 수민이는 지난밤의 기도를 기억하지 못하는 것 같았어요.

그런 일은 이후에도 종종 있었어요. 어느 날은 1심 판사를 죽여달라 기도했고, 수사 결과를 제출한 형사를 죽여달라고도 했어요. 만약에 형사에게 딸이 있다면 그 딸도 죽여달라 기도했어요. 그러다 문득 눈을 제대로 뜨고 창밖을 쳐다보았는데 자신이 무얼 하느라 일어나 앉았는지 전혀 모르겠다는 얼굴이었어요. 다만 자신도 모르는 사이 퍼부은 저주를 그대로 되돌려받은 사람처럼 파들파들 등을 떨고 있어서 나는 수민이의 얼굴을 부여잡고 덜 깬 잠을 마저 깨워주고 싶어 혼이 났어요. 제발 편한 잠을 자라고, 도로 눕히고 이불을 덮어주고 싶었어요.

주말이었고 항소심 선고가 사흘 앞으로 다가온 날이었어요. 수민이와 윤지는 낡아서 다리가 반들반들해진 식탁 앞에 앉아 라면을 먹고 있었어요. 조용한 집, 두 동생이 라면을 후루룩 삼키는 소리만이 들려왔어요. 윤지가 종지에 던 부추김치 향이 부엌을 채웠고요. 개수대 앞으로는 작은 창이 하나 나 있는데 원래 그 창으로는 노을빛이 참 곱게 스미거든요. 그런데 지금은 커튼을 달았어요. 1심 때 기자들이 하도 찾아오는 바람에 윤지가 달아놓은 거예요. 초록색 체크무늬 작은 커튼은 나무창을 완전히 가려 이제는 노을빛이 스미지 못해요. 아깝죠. 마땅히 가질 것들을 우리는 이렇게 어처구니없이 잃곤 해요. 오래된 주택이라 부엌이며 마룻바닥이 짙은 나무색이에요. 거기다 노을빛을 얹으면 얼마나 예쁜데. 예전에 우리 자매가 식탁에 앉아 라면을 나눠먹을 때면 엄마는 찻주전자에 물을 끓여 달달한 맥모골 한 잔을 마셨어요. 맥모골이요? 맥심모카골드 커피를 우리 가족은 그렇게 불러요. 더 어릴 땐 엄마커피라고 불렀죠. 엄마만 마시는 거니까. 엄마는 맥심모카골드 두 봉을 털어넣고 딱 종이컵 한 잔만큼 뜨거운 물을 부어요. 그 짙은 단내는 그래서 나에게 라면에 곁들이는 반찬 같은 거였어요. 한쪽 다리를 접어 식탁 의자 위에 올리고 홀홀 불어 마시던 엄마의 입술. 밥도 말아 먹을래? 묻던 엄마의 그 입술. 지금 안방에 요를 두껍게

깔고 누워 있을 엄마는 맥모골의 짙은 단내 따위 다 잊은 얼굴이지만요.

"동훈씨는 뭐래? 결혼하자 안 그래?"

수민이의 말에 윤지가 뜬금없다는 표정을 지었어요.

"결혼은 무슨. 그럴 때도 아닌데."

"그럴 때, 안 그럴 때가 어딨어?"

수민이는 뭔가 마음을 먹은 듯했어요.

"항소심이 어떻게 끝나든…… 재판이 끝나면 우리도 언니랑 작별 인사를 해야 해."

윤지의 젓가락질이 턱없이 느려졌어요.

"언제까지 이렇게 살 순 없잖아. 언니도 이런 걸 바라진 않을 거야."

"나는 제법 잘 지내고 있어, 언니."

"거짓말 마."

수민이는 라면 대접에서 얼굴도 들지 않고 대꾸했어요. 잠깐 말을 참던 윤지가 입을 열었어요.

"선고 잘 나오고, 그러면 그다음에 나 정말 결혼할까? 새 식구 생기면 엄마랑 아빠 마음도 좀 나아질까?"

"니가 나아질지 안 나아질지만 고민해. 어린 게 얻다 대고 오지랖이야?"

윤지가 큭큭 웃었어요.

"너는 결혼해. 잘살 것 같아. 그런데, 나는 그런 거 안 할 거야. 애도 절대 안 낳을 거야."

"왜?"

"나는 앞으로 엄마랑 아빠랑 죽어서 헤어질 일도 두렵고 너랑도 그렇게 헤어질 일이 두려워. 동훈씨도 우리 가족이 되면 그럴 거고. 니가 애라도 덜컥 낳으면 그걸 어째? 행여 어디가 아플까, 어딜 다칠까 애면글면하다 나는 폭삭 늙어버릴지도 몰라! 생각만 해도 머리가 아파! 그런데 거기다 누굴 또 보태? 그런 거 안 해."

윤지가 조용히 대답했어요.

"나는 그럴 때 동훈이 오빠가 있어서 좋은데. 위로가 되는데. 내 편이 하나 더 생겨서 좋은 건데."

"싫어! 너나 결혼해. 아우, 생각만 해도 징글징글해, 나는."

윤지가 냄비 속 라면을 더 덜며 말을 보탰어요.

"그래, 언니. 우리끼리 편 먹고 살자. 동훈이 오빠만 좀 끼워줘. 그리고 아무도 우리 편 안 들어주면 어때? 우리끼리 단단하게 편 먹으면 되지. 예전엔 밥 먹다가 누가 밥 잘 먹네, 소리만 해도 속이 쿵 내려앉았어. 저 사람이 나를 흉보는구나. 언니가 죽었는데도 쟤는 밥을 저렇게 잘 먹는구나, 하는 것 같아서. 피 안 섞인 언니라 쟤는 괜찮은가 보다, 그러는 것 같았어."

그 말에 수민이가 눈을 흘겼어요. 그러면서도 나지막하게 말했어요.

"알아. 수정이 대신 수민이가 죽는 게 낫지 않았을까, 엄마가 그런 생각하는 거 아닐까 걱정도 한걸, 나는."

"돌았구나? 미친!"

윤지가 빽 소리를 쳤고 수민이가 멋쩍은 듯 웃어보였어요.

"우리 가족이야 다 돌았지. 돌았으니까 이 정도 버틴게 아닌가 싶고."

노을빛이 작은 창으로 스미지도 않았는데 두 동생의얼굴은 잘 익은 복숭아처럼 발개져 있었어요. 아마도 서러웠던 거겠죠. 여전히 라면 대접만 쳐다보며 수민이가 말을 이었어요.

"언니를 포기하면 안 된다고 생각했는데, 그래서 복수할 거라고만 생각했는데. 어느 날 밤에 문득 정신을 차렸는데 내가 침대에 일어나 앉아 있더라? 내가 누웠는지 일어나 앉았는지도 구분이 안 가는 날이 많았어.

그런데, 내가 손바닥을 싹싹 비비면서 누군가한테 빌고 있더라고. 그 새끼를 죽여달라고. 제발 죽여달라고. 그 새끼 엄마도 죽여달라고, 제발 죽여달라고 빌고 있더라? 그때 알았어. 아, 내가 지금 지옥을 살고 있구나. 나는 지옥에 떨어졌구나. 정말 무서웠어. 빠져나가고 싶었고. 그렇게 평생을 살지 못할 것 같았어. 그래서 나는…… 좀 포기한 것도 같아."

윤지가 고개를 기울이며 수민이를 쳐다보았어요.

"그런 포기라면 잘한 거야, 언니."

"그런 걸까?"

수민이의 눈에 금세 눈물이 들어찼어요. 그걸 들키지 않으려고 웃어보이긴 했지만요.

"큰언니를 포기한 것도 아닌데 뭘."

딱 내가 하고 싶은 말이었어요. 복수를 접는 게 나를 포기하는 건 아니라고 말해주고 싶었거든요. 역시 똘똘이 윤지.

5장

판결문

수원고등법원
연정 제1형사부
판결

사　건	(연정)2021 상해치사
피고인	김철규
항소인	쌍방
검　사	김중욱(기소), 강현수(공판)
변호인	법무법인 바른삶
	담당변호사 양준민
원심판결	연정지방법원 2021. 1. 9. 선고 2021 판결
판결선고	2021. 5. 4

주문

원심판결을 파기한다.

피고인을 징역 3년에 처한다.

다만, 이 판결 확정일로부터 5년간 위 형의 집행을 유예한다.

압수된 망치 1개(증 제1호)를 피고인으로부터 몰수한다.

판단

이 사건 범행은 피고인이 피해자의 머리를 망치로 때려 피해자로 하여금 외상성 지주막하출혈 등으로 사망에 이르게 한 것으로 아무런 저항을 하지 않은 피해자에게 가한 폭행의 정도, 방법에 비추어 죄질이 좋지 않고, 이후 피를 흘리며 의식을 잃고 쓰러져 있는 피해자를 방치해 사망이라는 돌이킬 수 없는 결과를 초래하였다. 이러한 피고인의 죄책은 매우 무겁고, 비난 가능성이 크며, 용서받기도 어려운 것이다. 이 사건으로 피해자의 유족들도 회복하기 어려운 정신적 충격을 받았다. 이러한 사정들은 피고인에게 불리한 정상이다.

그러나 한편으로, 피고인은 이 사건 범행을 모두 인정하고 약 7개월의 구금 기간 동안 자신의 잘못을 진심으로 뉘우치고 참회하는 태도를 보여왔다. 피고인 측이 당심에 이르러 피해자의 유족들에게 합의금

9,000만 원을 지급하며 원만히 합의하였고, 특히 피고인이 평소에도 피해자를 폭행하였던 것은 아니었으며, 피고인이 피해자를 진심으로 사랑했던 정황이 있어 피고인과 피해자의 평소 관계 등에 비추어 보면, 피고인이 피해자에 대한 악의를 갖고 계획적으로 범행을 저지른 것이라고는 보기 어렵다. 갑작스럽게 피해자가 다른 남자를 만나겠다고 하자 화가 나고 어처구니없게 된 피고인이 그 사실을 확인하고자 다그치는 상황에서 격노해 벌어진 우발적 범행이었고, 피고인에게는 동종 범죄로 징역형의 집행유예 이상 형을 받은 전과가 없다. 피고인은 어려운 집안 형편에도 병든 노모를 도와 성실하게 식당을 운영하였고, 사건 직후 자수할 결심을 하였다는 점은 피고인에게 유리한 정상이다.

위와 같은 사정들과 그 밖에 피고인의 나이, 성행, 지능, 가족관계, 환경, 범행의 동기와 경위, 범행 후의 정황 등 이 사건 변론과 기록에 나타난 제반 양형 조건들을 종합하여 보면, 원심이 피고인에게 선고한 형은 너무 무거워서 부당하다고 판단된다. 따라서 피고인의 이 부분 양형부당 주장은 이유 있고, 피고인에 대한 원심의 형이 너무 가벼워 부당하다는 검사의 주장은 이유 없다.

결론

앞서 살펴본 사정을 종합하여 피고인에게 이번에 한하여 사회로 복귀

해 노모를 봉양할 기회를 주기로 하여 주문과 같이 형을 정한다.

          재판장   판사 김성환

                    판사 조유진

                    판사 홍유철

나 혼자

항소심에서 철규씨는 징역 3년에 집행유예 5년을 선고받았어요.

사람들은 천천히 재판정을 빠져나갔어요.

나만 남았어요.

골목 냄새

떡볶이에서는요, 골목 냄새가 나요.

골목 냄새가 뭐냐면, 담 낮은 집들이 쭉 늘어섰고 고무줄놀이도 겨우 할 만큼 좁은 골목들이 막 엉켜 있는데요, 초입에 붉은 포장을 친 떡볶이집이 있거든요. 합판을 몇 장 겹쳐 만든 긴 의자에 올라앉아 다리를 대롱거리며 백 원짜리 동전 몇 닢을 아줌마에게 건네면 비닐을 씌운 멜라민 접시에 빨간 떡볶이를 가득 담아줘요.

이쑤시개로 밀떡 하나 집어 입에 넣으면 참 달콤도하지. 종이컵에 부어주는 어묵 국물 후후 불어 마시면 등 뒤로 저녁 바람이 스쳐요. 노을 묻은 저녁 바람 아시죠? 주홍색 바람. 원피스 등 자락으로 파고들기도 한다니까요. 박쥐가 낮게 날기도 했어요. 새앵, 하고 빠르게 나는데 저러다 공중의 전깃줄에 걸리면 어쩌나 싶기도 했어요. 녀석들, 절대 안 걸려요.

그렇게 떡볶이를 집어 먹다 보면 엄마가 왔어요. 실은 내가 엄마 퇴근 시간을 알아서 거기서 기다린 거거든요. 엄마는 포장마차에 앉은 나를 보면 활짝 웃으면서도 눈을 흘겼어요. 저녁 먹어야 하는데 또 떡볶이를! 하는 거였죠. 겨드랑이에 낀 핸드백을 야무지게 고쳐 쥐고 엄마는 나를 반짝 안아서 의자에서 내려줬어요. 나 혼자 깡총 내려와도 되지만 그냥 엄마만 보면 아기가 되고 싶은 그런 마음, 그런 거 있잖아요.

엄마 가슴에 푹신, 안기면 볼펜 냄새 같은 게 났는데요, 떡볶이의 달큼한 냄새, 주홍색 바람의 싸한 냄새, 박쥐가 털고 간 냄새, 합판 의자에서 풍기는 나뭇내, 그런 것들이 모두 모여 골목 냄새가 되어요.

날개떡볶이의 떡볶이에는 박쥐나 주홍색 바람, 볼펜 냄새 같은 것이 섞일 리 없었지만 나는 그걸 먹을 때마다 골목 냄새를 떠올렸어요. 그래서 그냥 좋았어요.

하지만 웃지 말걸. 그러지 말걸.

재판정의 저 육중한 문을 열고 나가야 하는데, 그러면 과장님이 노란 눈으로 서 있을 것 같아서 발이 떨어지지 않아요. 엄마는 여기 오지 않았어요. 우리 엄마는 당분간…… 어디에도 나가지 않을 거예요. 엄마 성격, 내가 다 알아요. 지금쯤 푹신, 안기던 어린 내가 떠올라 나를 안아줬던 그 가슴팍을 모질게 또 때리고 있을지 몰라요. 그러다 손목 다 나갈 텐데.

피곤한데, 좀 자고 싶은데 누울 데가 없어요. 포근하고 가벼운 이불 속으로 파고들고 싶은데. 나는 이제…… 어디로 가야 할까요?

작별 인사

엄마의 감은 눈꺼풀이 오래도록 파들파들 떨렸고 아버지는 나무 창틀을 굳게 움켜잡았어요. 그 뒤에 선 윤지의 양어깨를 동훈씨가 붙잡아주었고 수민이는 벽에 등을 대고 쪼그려 앉았어요. 항소심 이튿날 부산집 안방의 아침 풍경이었어요. 기자들은 아무도 찾아오지 않았어요. 창밖을 보던 아버지가 몸을 돌렸어요.

"가자. 수정이한테 가봐야지."

수민이가 겨우 몸을 일으켰고 윤지는 장롱을 열어 엄마의 재킷을 꺼냈어요.

나는 더 지켜보지 않고 안방을 나왔어요. 아무래도 먼저 가서 이들을 맞아야 할 것 같아요. 아주 그럴듯한 인사말도 준비해얄 것 같고요.

5월이에요. 하필 이렇게 예쁜 계절이라니.

연애엔 젬병이라 그럴싸한 작별도 해본 적이 없어요. 영영 보지 못할 사람에게는 어떤 인사를 건네야 하는 거죠? 여름 장마를 한 번 더 보고 싶은데. 부산집 마루에 앉아 온종일 쏟아지는 장대비를 쳐다보다 고개를 살풋 돌리면 청단풍나무 가지 사이에 숨은 까치를 볼 때가 있어요. 비에 젖은 까치 본 적 있나요? 이렇게 말하면 까치에게 좀 미안하긴 한데 진짜 귀엽고 우스워요. 못생긴 개구쟁이 사내애가 어디다 머리 처박고 놀다가 부스스 얼굴 든 것 같다니까요. 마구 흐트러진 머리털을 볼 때면 나는 킬킬킬 웃음이 터졌는데 타드닥타드닥 빗소리 때문에 내 웃음소리는 금방 묻혔어요. 부산집 마당에는 배롱나무도 두 그루 있어요. 배롱나무꽃 아세요? 여름이면 진분홍 꽃을 피우는데 꼭 얇은 꽃종이를 손안에 넣고 살짝 부스러뜨린 것처럼 생겼어요. 그렇게 진한 분홍은 참 보기 힘든데. 엄마가 유독 배롱나무꽃을 좋아해서 나중에 아버지가 한 그루 더 심었던 거예요. 엄마는 배롱나무꽃이 지고 나면 꽃 꼬투리를 톡톡 따주었어요. 그래야 열매를 안 맺으니까. 그래야 열매에 양분을 빼앗기지 않은 배롱나무가 다음 해 여름 더 풍성하게 꽃을 매다니까요. 말도 마요, 벌들이 어찌나 날아드는지. 타드닥타드닥 비 오는 소리. 빗방울에 나뭇잎 흔들리는 소리. 태풍이 올까 말까 망설이는 소리. 그리고 배롱나무 꽃잎 벌어지는 소리. 이상하게 지금, 그런 것들이 참말 그리워요. 여름이 오려면 아직 멀어서 나는 더 기다릴 수 없는데.

딴생각을 하느라 내 발걸음이 더디었어요. 동훈씨가 운전한 차는 벌써 내가 있는 곳에 다다랐네요. 엄마는 유리문 안에 든 나에게 무슨 말을 하려다 고개를 젓고, 또 무슨 말을 하려다 빠르게 고개를 젓고…… 알아요, 엄마는 나에게 인사를 하기가 힘든 거예요. 인사말을 듣는다면 내가 정말 훌훌 날아갈까 봐 그런 거예요. 괜찮은데. 엄마, 나에게 이제 인사를 해줘요. 그러면 나도 답을 할게요.

"미안해, 수정아. 많이, 아주 많이 미안해. 그 애는 집에 갔다는데, 너는 집에 오지 못해서 엄마가 아주 많이 미안해."

그러네요. 그 사람은 집에 갔다는데 나는 집에 돌아가지 못했네요. 고작 망치 하나를 몰수당하고 그는 집에 갔네요. 그깟 망치는 뭐하러 몰수했을까.

"큰언니. 방법이 없었어서 미안해. 이렇게밖에 못 해서 미안해. 우리는 잘 지내도록 할게. 아주아주 오랫동안 언니를 기억하고 이야기할 거야. 외로워하지 마."

막내 윤지의 짧은 인사가 끝나고 동훈씨도 허리를 깊이 숙여 인사했어요. 아무리 봐도 참 잘 자란 청년 같아요. 많이 망설이던 아버지도 나에게 인사를 건넸어요.

"수정아, 곧 다시 만나자. 좋은 데 먼저 가서 기다리고 있어."

그래요, 이렇게 인사를 나누게 되어 다행이에요. 슬퍼 허우적대느라 인사도 하지 못했다면 많이 서운했을 것 같아요. 모두 수민이를 쳐다보았지만 수민이의 입은 열리지 않았어요. 기다려주던 가족들이 서로의 어깨를 토닥이며 걸음을 옮겼어요. 끝내 아무 말 없이 가려나 했던 수민이의 걸음이 늦어지더니 슬몃 나를 돌아보았어요. 그리고 나지막하게 말했어요. 아무도 듣지 못하게, 나에게만 들릴 만큼의 목소리로.

"걱정 마. 엄마한테 내가 잘할게. 내가 아주 의리가 없지는 않잖아. 알지?"

툭 던지듯 그 말을 남기고 수민이는 가족들을 따라갔

어요. 느렸지만 다들…… 돌아갔어요.

그러고 보니 정작 내가 인사말을 건네지는 못했네요. 하나도 결론 내지 못한 생애가 어지러워 아무 말도 못 했어요. 아니, 사실은 하고 싶은 말이 단 하나라, 그런데 그 말이 아무리 생각해도 어른스럽지 못한 말이라 하지 못했어요. 들릴지 들리지 않을지 모르지만 행여 내 마음이 그들에게 오롯이 전해져 모두의 발목을 부여잡는 일이 될까 봐서요. 나도 집에 가고 싶어. 나도 따라가고 싶어. 그렇게 말하고 싶었거든요. 한심한가요? 하지만 나도 고작 스물아홉 살인걸요. 영영 스물아홉 살로 남은 한주은행 한수정 대리인걸요.

수정이를 집에 돌려보내고 싶다는 생각 때문에 소설 마무리가 쉽지 않았다. 어쩌자고 작가라는 직업은, 자기 할 말 좀 하자고 주인공들을 이리 나락에 빠뜨리는 것인지. 몹쓸 직업이다.

제목을 《수정의 인사》라 붙인 건 인사할 틈도 없이 세상을 떠난 수정이에게 시간을 주고 싶어서였다. 사랑했던 이들에게 인사를 남길 시간. 지금 와 공연한 허풍이었다는 생각이다. 집에 가고 싶다는 수정이더러 어른스럽게 마지막 인사말을 하라고 부추기다니. 고작 스물아홉 살 한수정 대리에게. 말도 안 되는 소릴.

이 소설은 단편 「어느 떡볶이 청년의 순정에 대하여」에서 시작되었다. 수오서재에서 출간한 앤솔러지 《당신의 떡볶이로부터》에 실었던 소설을 경장편으로 새로 엮었다. 단편에 채 담지 못한 이야기가 마음에 남아 여태 무지근했기 때문이었다. 나는 나의 주인공에게 역사를 만들어주고 싶었다. 신문 기사 속 몇 줄로 쓰이고 말하잘것없는 인생이 아니었다는 것을 말해주고 싶었다. 수정이는 어떤 유년을 살았는지, 수정이는 어떤 사춘기를 보냈는지, 어떤 연애를 했는지…… 아니, 그런 생각을 한 것이 아니다. 그냥 수정이가 나와 다를 바 없는 평범한 이곳의 청년이었음을 소설 속에 더 새겨넣고 싶었다. 그리고 수정이의 가족들. 내내 모욕당한 그들의 슬픔을 증언해주고 싶었다.

아무래도 제목을 잘못 지었다. 《수정의 인사》가 아니라 《수정에게 전하는 인사》라고 할걸. 미안해, 잘 가, 수정아. 그렇게 인사하는 소설이라고 할걸.

조영주 소설가가 아니었다면 나는 이 아린 이야기를 새로 쓸 엄두를 내지 못했을 것이다. 그의 격려는 이 순간까지도 고맙다. 내 친구 장변호사는 내가 그만 쓰고 싶어할 때마다 이 소설이 누군가에게는 잔잔한 위로가 될 것이라 말해주었다. 아무도 들어주지 않았던, 뒤에 남은 자의 슬픔에 관한 위로 말이다. 변호사가 그런 말을 하니까 조금 얄밉기도 했다. 그러게, 니들이 재판을 좀 잘하지 그랬어? 하지만 위로가 될 거란 친구의 말을 듣고 있다 보면, 수정이가 읽지도 못할 소설을 내가 왜 쓰고 있는 거야? 라는 엄살이 쑥 들어갔다. 그리고 이 책은 텀블벅 크라우드펀딩을 통해 많은 분의 후원을 받았다. 책값이 13,000원인데 만 원씩 오만 원씩 덤을 얹어주시는 분이 정말 많아 화들짝 놀랐다. 마냥 사랑스럽고 즐거운 이야기가 아니고, 읽으면 불편하고 힘든 내용일 텐데도 마음을 보태주신 후원자분들에게 고개 숙여 감사드린다. 더 안전한 세상을 꿈꾸는 사람들이 이토록 많으니 분명 우리는 나아지겠지. 더디어도. 10년쯤 지난 세상에서, 그러니까 그때쯤 열일곱 살이 되었을 내 딸이 "엄마는 뭐 이렇게 말도 안 되는 소설을 썼어?"라고 타박을 해주었으면 좋겠다. 나는 민망한 얼굴로 머리통을 긁적이며 "그러게. 엄마가 얼토당토않은 소설을 썼었네. 말도 안 되게." 대답하고 싶다. 정말 그랬으면 좋겠다.

《수정의 인사》는 젠더 갈등을 이야기하는 소설이 아

니다. 이건 가해자와 피해자의 갈등을 이야기하는 소설이다. 잘 헤어지는 방법을 모르는 사람들에게 들려주고 싶은 소설이다. 인사하는 방법을 모르는 사람들에게 들려주고 싶은 소설이다. 아직은 내가 철이 덜 들어 한수정 대리에게 고작 미안하다고, 잘 가라고밖에 전할 말이 없으나 그런 나 대신 당신들이 성숙하고 따뜻한 인사를 전해주었으면 한다. 모자란 작가 대신.

일곱 살 내 어린 딸 우주는 작업을 하는 나를 위해 이제 커피를 내릴 줄도 안다. 서점에서 엄마 책을 찾아 한번씩 쓰다듬어줄 줄도 아는 아이로 자랐다. 소설가라는 직업은 정말 별로라고, 진짜 잘못 선택했다고 투덜거리다가도 그럴 때만큼은 또 헤벌쭉 웃는다. 우주를 혼자 재운 뒤 셀 수 없이 많은 새벽을 보내고서야 이렇게 한 권의 책을 내놓는다. 이제 이 책은 서점에서 가만히 집어들 당신의 것이고 나는 더 말을 보탤 기회가 없을 것이다. 종종 떠오를 때마다 입술을 오물거리겠지만. 누군가의 손안에서 너 잘 있니, 하고.

흰 책상, 흰 컵 앞에서 김서령

SPECIAL THANKS TO

강경석 강소영 강솔 강은지 강지영 강민영 강태준 강하라 개몽돌씨 고상우 고아라 고은규 고은아 고은영 곽용옥 구수경 구혜진 권지민 권지연 규영 금모래 김강 김경욱 김경원 김나현 김단 김도민 김도영 김두위 김미진 김민정 김보람 김서진 김선영 김선진 김세인 김수미 김수연 김양희 김예경 김예린 김예은 김은설 김은실 김은정 김의경 김이삭 김이원 김장희 김지원 김진아 김진희 김채린 김태경 김태성 김푸름 김하율 김희연 나무들 노딘 노희준 느릅나무 느린 당신은나의빛 도레담 듬지 마이트 메갈라이터원재 목요일그녀 문혜인 미산 민규 민승기 민영인 박경숙 박민경 박상숙 박선아 박선영 박소민 박수정 박연희 박영미 박유진 박윤미 박윤정 박은진 박인영 박지원 박진 박진영 박호근 반달그림 반재원 배나무 배주연 부희연 서민수 서수민 서인순 서지은 성공한덕후 손보민 송경주 송순진 송은빈 송자명 송지혜 송태민 수평선다방 슬아 아침달 안수빈 안준희 앨리스 양지연 양진아 양하림 어디서무엇이되어 엄슬기 엄주영 여수진 여운규 예주 예선 오민주 오산희 오세인 오수민 오윤아 오윤지 오은지 오주민 오주영 원정연 원혜민 유은희 윤다연 윤다예 윤민준 윤서영 윤지희 윤화진 윤효경 은지민 이개지 이광현 이규영 이나연 이다희 이루다 이루카 이리나 이리안 이만교 이보영 이봄이 이산 이상미 이선아 이세연 이소연 이수아 이슬기 이승연 이승주 이시안 이시영 이시호 이요한 이우정 이은솔 이인겸 이인숙 이재윤 이제이 이종헌 이주영 이지민 이지연 이지한 이진주 이찬우 이하나 이혜리 이혜민 이호경 이희경 이희선 임서주 임진주 임혜연 위키드위키 장그림 장명숙 장미수 장변 장서희 장주영 장현서 장혜서 장호영 전지현 점연경 정미영 정민선 정보나 정보연 정여랑 정여주 정연경 정유정 정윤선 정은주 정이립 정준경 정지혜 정희우 조난경 조성대 조성민 조성진 조소영 조수연 조영원 조영주 조은영 조은주 조진희 조태균 조해련 주민애 주야 주에바 주은정 지을 지영희 지희정 차무진 차은정 채원준 책마곰 책읽는교사모임 천경호 최수영 최수정 최영주 최영지 최영진 최예진 최유진 최윤지 최은지 최은하 크리스틴 태민 특급변소 하예슬 하지연 한국문화예술위원회예술나무 한명 한소진 한소희 한수정 한승기 한승민 한여름 허윤경 허은실 허진우 홍민지 홍유진 홍일웅 홍지인 홍채은 후니네혜린이 후S 황시운 황우주 황은희 황인성 황정현 황지영 aroma37 bearfamily coco90 donrin3 Jay JEJE kaito1412

김서령

중앙대 문예창작학과를 졸업하고, 《현대문학》 신인상을 받으며 등단했다. 소설집 《작은 토끼야 들어와 편히 쉬어라》《어디로 갈까요》《연애의 결말》과 장편소설 《티타티타》, 산문집 《우리에겐 일요일이 필요해》《에이, 뭘 사랑까지 하고 그래》, 인문실용서 《우아한 맞춤법》을 출간했으며 다수의 앤솔러지에 참여했다. 번역가로도 활동 중이어서 《빨강 머리 앤》《에이번리의 앤》《마음도 번역이 되나요 두 번째 이야기》《밤의 속삭임》 등을 우리말로 옮겼다.

폴앤니나 소설 시리즈 008

수정의 인사

ⓒ김서령 2021

초판인쇄   2021년 11월 26일
초판발행   2021년 11월 26일

지은이   김서령
책임편집   이진
편집   오윤지
디자인   얼앤똘비악
제작   최지환
제작처   영신사

펴낸곳   폴앤니나
출판등록   2018년 3월 14일 제2018-09호
전화   070-7782-8078
팩스   031-624-8078
대표메일   titatita74@naver.com
블로그   blog.naver.com/paul_and_nina
인스타그램   @titatita74

ISBN   979-11-91816-06-8   03810

이 도서는 한국출판문화산업진흥원의 <2021년 출판콘텐츠 창작 지원 사업>의 일환으로 국민체육진흥기금을 지원받아 제작되었습니다.